ピアリス

Piaris

Hagio Moto

萩尾望都

河出書房新社

II　ピアリス　「9×7」

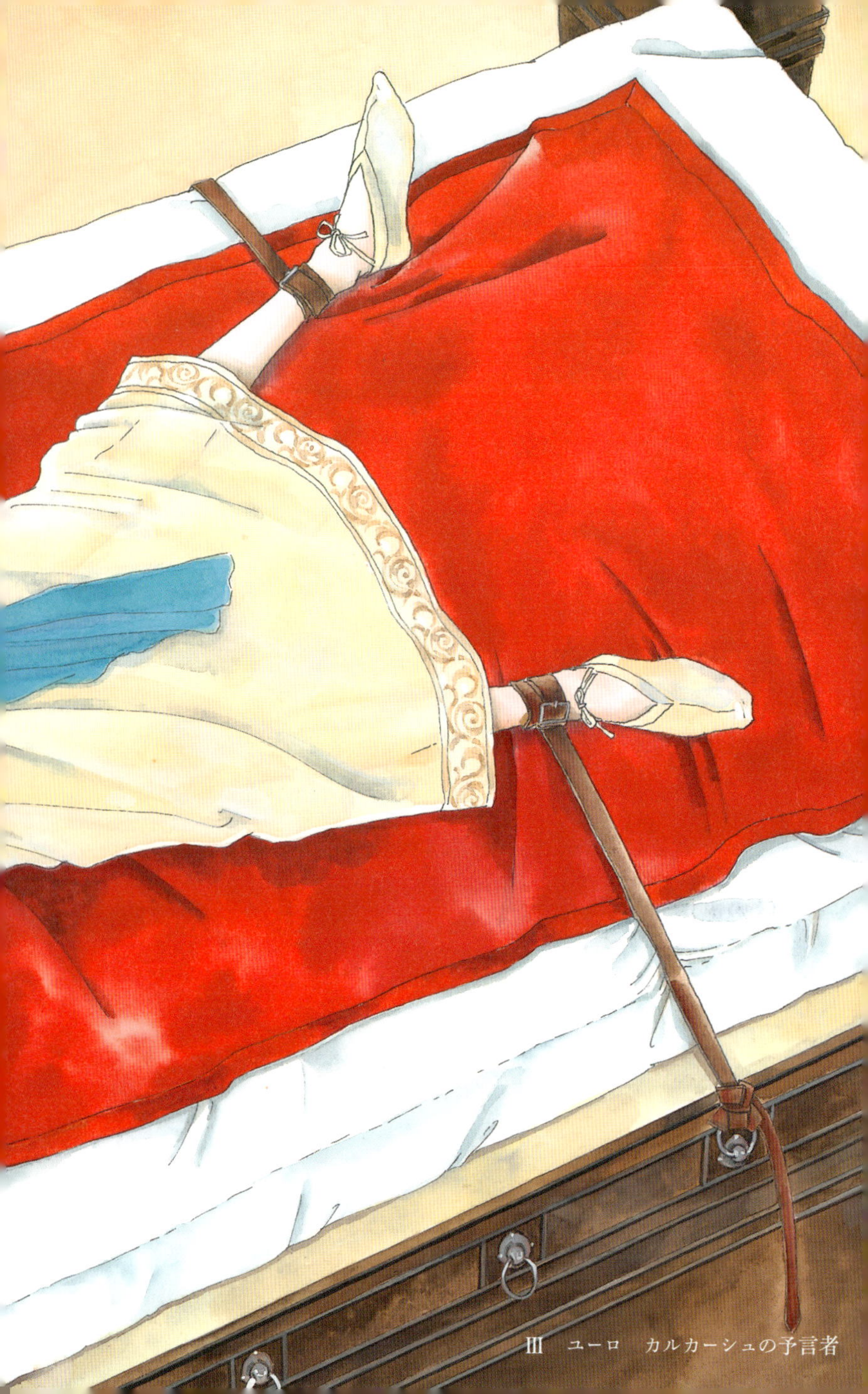

Ⅲ　ユーロ　カルカーシュの予言者

IV　ピアリス　青いリンゴの木

ウート島に生まれたママ。

美しいヒギスの港から、一家で山にのがれた、少女だったママ。戦争だ。

山越えの最中、ほとんどの家族を殺されたママ。

生活のために身売りをするママ。病院にひろわれ、勉強し、ナースになったママ。

恋人ができたママ。恋人に死なれたママ。

孤独な男と結婚する孤独なママ。戦火の中、二人の幼児を失うママ。夫の死を看取《みと》るママ。

「つらい。生きていたくない」

と、老人に泣かれるママ。

「みんな、つらいです」

と、老人を抱きしめるママ……。

ママは「9×7」に来て、三人の子供を養子にした。三人とも失い、今はあたしが娘だ。


シジューが時々目が覚めて話ができるようになると、びっくりすることがわかった。

シジューはゴミの山であたしとダンテに会ったこと、カイジがダンテに蹴られたこと、あたしと地下工場に落ちたこと、上から火がふってきたこと、地下工場をさ迷って時計塔に出てきたことを、全部忘れていた。

「頭を強く打ったからだよ」

と、ママは言った。

ダンテはシジューを見にやってきて、言った。

「学校へ行くとカイジはコソコソ逃げてるよ。蹴られて気絶したからあたしがこわいのよ。あんたら、あたしとピアリスに何て言ったか知ってる？」

「覚えてないよ」

何度もダンテが言うのでシジューはいやがった。

「言ったにしろ、冗談だろ、みんな似たようなこと言ってるじゃないか」

あたしの住んでるアパートから学校までの一帯は、市場はあるし、カウンセラーの事務所はあるし、「9×7」では比較的安全な地域だった。

それでも人間関係の多くは騙し騙され盗《と》り盗られといった有り様で、うかうかしていられなかった。

この町にはびこる暴力にも、暴力的なことば使いにも、無神経で下品な冗談にも、あたしはうんざりしていた。

あたしは、あたしを助けてくれたシジューに感謝していた。ひとりなら決してあの地下工場から脱出はできなかっただろう。

あたしがそう言うと、覚えてないシジューは地下工場の様子を聞きたがった。シジューはベッドの中で言った。

「これはウワサだけど〝9×7〟はもともと海中に建てられた工場だっていうんだ。それが使われなくなって、アムルー人の難民がおし寄せたので、とりあえず、工場の上をパネルで覆って、アパートを建てたっていうんだ。だとしたらあの地下は、かなり深いはずだし、もしかしたら他の島にも通じる道があるかもしれない」

あの暗い工場に入っていく気は、あたしにはもうなかった。他の島に行きたいなら、地下鉄を使えばいい。

あたしとシジューは、けっこういろいろ話をした。ベッドにいるシジューは、病人のせいもあるのか、おとなしくて、礼儀正しかった。

二週間経《た》って、シジューがフラフラしないで歩けるようになり、ママがシジューを送っていくと、あたしはがっかりした。

話しやすかったシジューは、再びカイジや他の男の子の群れにもどって、誰もが言ってる汚いことばを吐き、女の子を敵対視するグループになるのだ。残念な気がした。


ところがそうはならなかった。

シジューは自分で「地下工場探検隊」なるものを結成し、あたしを勝手に隊長にした。

あたしとダンテは通学の途中でシジューとカイジに呼び止められ、地下工場の探検にさそわれた。

そしてカイジは、ピアリスとダンテの前では汚いことばは使わない、と言った。またダンテに蹴られるのもイヤだしなと言い、一刻も早く地下工場に行きたくてうずうずしてる様子だった。

あたしはカイジの約束をとりあえず信用してみようと思った。シジューがいざというとき、自己コントロールできるのは地下を迷っているときにわかっていた。

カイジが約束すると言い、それを守れるのなら、カイジも自己コントロールができるということだ。

「9×7」のような過密な貧しい社会で自己コントロールできるというのは、貴重な能力だった。

それであたしたち四人はその夕方、六時半、時計塔前に集合することにした。

あたしはダンテと持っていくものについて相談した。

水。紐。タオル。折りたたみのナイフ。マッチ。ライター。時計。磁石。テープ。食料として、ウェファース。

ポケット・ベルがあればいいのだが、誰も持ってなかった。赤外線メガネと同じく、これもいつか手に入れたいもののひとつだった。

ママには九時までに帰ると言って家を出た。

もう暗くなっていた。人通りのあるところを、あたしとダンテはローラーシューズで走った。時計塔に近づいたとき、あたしは変な音に気づいて、ダンテのマントを引っぱった。

ヘリコプターの音だった。

それも、急降下していた。

こんな島にヘリコプターの発着場なぞない。それに、急降下の音も変だった。あたしとダンテは近い壁にはりついて暗い空を見上げた。

南前方の上空からヘリコプターのライトが近づく、というより落ちてきた。あまりにライトが近くて、つんざくような機械音にあたしたちはズタズタになりそうだった。

ヘリコプターはあたしたちの上空で爆発した。あたしたちは壁のくぼみにしゃがみこんだが、熱風が来ないところをみると、爆発は真上ではなく、少しずれているらしかった。

それでも、機材の一部が近くの建物へ落下するのが見えた。さらに何度か爆発音が響いた。

そのときは、地面も建物も、ゆれた。

爆発の残音がまだ鳴っている間に、おおぜいの人々が建物から様子を見に走り出てきた。

前方でたちまち煙と火の手が上がる。

「ゴミ捨て場に落ちた」

誰かが叫んでいた。

「時計塔だ。時計塔がなくなった」

誰かが叫んでいた。

壁にすがって立ち上がっていたが、それを聞いたとたんに、膝頭がわなわなと震えだし、立っていられなくなった。

時計塔。シジュー、カイジと待ち合わせした場所だ。時刻は、六時半。彼らがもう来てい

たら。

ダンテとあたしは抱き合っていた。

こわくてこわくて、何も考えられなかった。

「ピアリス、どうしよう」

どうしよう。

「ピアリス、帰ろう」

帰りたかった。

「ここ、あぶないよ」

ダンテの言うとおり、あぶなかった。いろんな大人たちが爆発の現場へ向かって走っていて、混乱した群集の中で、ケガをしたり殺されたりする危険があった。でも、どうしてもあたしは、カイジとシジューが時計塔に来てないことを確かめたかった。

あたしは頭巾をかぶり、鼻の上までスナップを留めた。

「あたし、様子を見てくる。ダンテ」

「あんたが行くなら、あたしも行くよ」

「でも、あぶないよ、ダンテ」

「あたりまえよ。でも、ちっとは、見てみたい気もあるし」

「カイジとシジュー、ぶじかな」

「ボッってたらそういう運命よね」
ボッる、っていうのは、失敗する、という意味の俗語で今年の流行だった。その意味あいには、〝うまくいけばやれたのに〟という判断をしくじったニュアンスが含まれていた。

時計塔に二人がいても、落下するヘリコプター音に危機を感じて素早く逃げてたら助かってるかもしれない。

時計塔からゴミ捨て場一帯の現場は燃えさかっていて、近づけなかった。

火が空気を巻きこみ、周辺の建物もいくつか燃えていた。風と一緒に熱い煙が踊るように群集の上を走り、人々はむせてよろめいた。

現場に近寄るのは無理だった。あたしはダンテに、風上の方からゴミ捨て場に近づけば煙と火をさけられると提案した。

ダンテは反対だった。風向きが変わったらどうする。

風向きが変わったら、すぐ脱出できるよう道を確かめながら、行こう。それで決まった。

あたしとダンテは大きく迂回《うかい》して、左手に煙と火の臭いを嗅《か》ぎながら風上に向かった。

人びとのいる気配がなくなると、そこはゴミ捨て場のかなり北側だった。

墜落の現場からは二百メートルほど離れている。あたしとダンテは顔を見合わせた。もう少し近づくか、どうしようか？

あと、百メートル近づこう。

あたしは指を使って百メートル、とダンテに示した。こんな人の気配のないところで、会話してはいけない。ダンテはうなずき、あたしたちは足場を見ながら、崩れた壁から次の壁へと前進した。

低い雲に火事の光が反射してたので、ゴミ捨て場は闇ではなかった。

ぱっと前方に火が立った。あたしはよけて、右へおれた。その火はゆれた。

あたしは止まった。異様な物を見たのだ。

火はふたつの赤い灯りだった。それは目だった。目は頭についていた。その頭は煙を出していた。

頭の下に体があって、その体も煙を出していた。それは人間らしかった。でも人間にしては変だった。煙の臭いは薬くさかった。それはあたしの方向に向かって、ゆらゆらと歩いてきた。

これは何だろう。どうしてこんなものがゴミ捨て場にいるんだろう。煙を出してるってことはヘリコプターと一緒に落ちてきたのだろうか。

それが近づいてくるので、あたしは後ずさった。このゴミ捨て場中にあたしのドキドキ打つ心臓の音が響いてるんじゃないかと思うぐらいの恐怖だった。

誰かが、あたしの腕をぎゅっとつかまえた。

あたしは悲鳴を上げかけた。

「だいじょうぶ！」

と、そばに立った者は言った。それはシジューだった。

あたしはしがみついた。シジューもぎゅっとあたしの体を抱きしめた。シジューに体をおしつけると、シジューの心臓も早鐘《はやがね》のように打ってるのがわかった。

あたしたちは、抱き合ったまま一歩ずつ後ずさった。煙を出してる者は足を何かに引っかけて止まった。だが、手をぶらぶらさせて前に出ようとしていた。

「あれ、なに、シジュー」

小さい声で聞いた。

「ロボットかな」

シジューは答えた。ダンテとカイジが近くの壁のそばで待ってた。

ロボットの煙や目の灯りが見えても近づく者がいないということは、近くにはとりあえずあたしたちしかいないのだろう。

「あれは殺人ロボットだ」

と、カイジが言った。四人とも真っ青になって壁の陰に倒れこんだ。

壁のすきまから見るとロボットの目の光はだんだん弱くなっていた。あたしたちは一目散に逃げ出したかった。だけど、同時に、好奇心もあった。まだ誰もあのロボットを見つけていない。あたしたちが見つけたのだ。うまくいけば、ロボットは、あたしたちのものになるかもしれなかった。

「どうして殺人ロボットってわかるの」

と、カイジに聞くと、

「だって、でかいもの。それに恐ろしそうだし、強そうだ」

と、答えた。シジューが言った。

「でも、もう動けないし、壊れかけてるみたいだぜ」

「命令系統が壊れていたら無差別殺人をやるかもしれないよ」

ダンテが言い、あたしたちはドキドキした。

あたしは再び、壁の割れめからロボットをのぞいて見た。

右目の光は消え、左目の光はうすいオレンジになり、ロボットはブーンと唸《うな》りをあげていた。そのとき、汚れたガラスに書かれたメッセージがあたしの頭の中に現われた。

〝ごめんねママ、探さないで、
運がよけりゃもどるから〟

あたしはぎょっとして周辺を見回した。それから再びロボットを見た。信じられなかったが、今のメッセージは家出したダムダム・ママの、ハローの置き手紙だった。信じられなかったが、ロボットにはハローの過去が重なっていた。

では、このロボットがハロー？　ハローはあたしより三つか四つ年上だから、今は十六だかそこらのはず。

でも、ロボットがハロー？

いや、このロボットは家出したママの息子のハローのことを知ってるのかもしれない。

「あたし、ちがうかもしれないけど、ちょっとためしてみる」

と、あたしはみんなに言って、壁から頭を出した。

「ハロー？　あんた、ハローを知ってるの？」

呼びかけると、ハローの名が――フル・ネームが頭にやってきた。

〝ル・クシャ・ダ・ハロー・ロロ・チアチス〟

もうひとつ来た。

〝アムルー、北半球、エガル、ベーツ、ローマー、ツェーブ〟

出身地名だ。確かに確かだ。

このロボットは、ママの家出した息子のハローだった。

あたしはどうしていいかわからず座りこんだ。

「ハローって、何なんだ」

シジューが聞いた。もそもそと答えた。

「あのロボットの名前よ」

「何を言ってるんだ」

カイジがウソツキという口調で言った。ダンテがかばってくれた。

「ピアリスは、人の名前がわかるのよ」

「時々だけど」

あたしはあわてて弁解した。変に思われたら困る。

「ハロー？」

カイジはロボットに呼びかけた。

「オレを撃つなよ？」

シジューは言った。

「ロボットじゃなく、アンドロイドかもしれない」

あたしは壁から出て呼びかけた。

「ハロー、ダムダム・ママを覚えてる？」

オレンジの光がチカチカした。

「警・告」

と、ハローのアンドロイドは言った。

「〝9×7〟ハ・消滅・スル・警告・警告・全員・脱出・救助」

声にはきしんだノイズがまざり、聞きとりにくかった。だが、声を聞いて、シジューも出てきた。

「殺人ロボットじゃなくて救助ロボットかもしれない」

カイジが言った。

「こいつをどっかに隠そうぜ。他のやつらに盗られちまうから」

「ハロー、ダムダム・ママに会いたい？」

あたしが聞くと、ハローは再びノイズの多い声を発した。

「警告・〝9×7〟ハ・消滅・ス・……員、スミヤカ……脱出……出……計画ハ……12……全……実行……禁止……救助ヲ・求メ……ヨ……」

「もういちど、ダムダム・ママと言ってみなよ」

シジューが言い終わらないうち、ハローは同じことをリピートした。

「警告・〝9×7〟ハ・消滅・……ル……警告……」

あたしはそばまで近寄って、ハローの足に引っかかってるプラスチックのはしごをはずした。それから、このハローのアンドロイドをどこに隠すのか相談した。

時計塔がふっとんでいなければ、あそこから地下工場につれていくのが一番だった。

「学校のポンプ室の地下に隠そう。そして地下工場への入口が他にないか、明日、明るくなってから調べよう」

シジューが提案した。

さいわいアンドロイドは、ハロー、と呼ぶとゆっくりついてきた。あたしたちは、なるだけ人のいない小路を確かめながら選んで、学校の裏手に着いた。

壊れた塀のすきまから学校の中に入り、カイジが万能のマグネット・キィを使ってポンプ室を開けた。

ハローを中に入れ、ポンプ室の地下のがらくた置き場に彼を座らせた。

ハローは、もう煙は出てなかったが、ライターを灯けて光の中で見るとスクラップの人形同然だった。

あたしはシジューに聞いた。

「アンドロイドって、死ぬことあるの？」

「わからない」

と、シジューは言って、カイジを見た。

「オレもわからない」

「自己修復機能があるかもしれない」

と、ダンテは言った。カイジは首をふった。

「そうは思えないな。こいつは壊れかけてるんだよ。歩くだけでやっとじゃないか。もし修理するとしたら、オレたちでやるしかないよ」

「どんなふうに？」

あたしは聞いた。

「これから考えるのさ」

カイジは答えた。

もう九時近かった。学校からアパートまではすぐだった。カイジとシジューはあたしとダンテをアパートまで送ってくれた。

あたしは部屋に帰りつき、煙の臭いのしみついたマントや服を脱ぎ、バケツの水にタオルをひたして、ちくちくする顔や手足をふいた。

水を飲んで、ウェファースを食べ、明日はどうしようと考えていると、ママが帰ってきた。ママも煤《すす》だらけだった。

「よかった、帰ってたの。事故よ。ママは看護に出かけるから、あんた今夜はダンテか、二階のケート先生んちへ泊まりなさい」

もうかなり眠かったので、少し離れたダンテの家よりケート先生の家を選んだ。

ケート先生は一人住まいで、薬物のトラブルで体中の皮膚が変色していた。でも家中に本があって、あたしは学校の教室が空《あ》く交替授業の順番を待ってる間、よく先生に勉強を教えてもらった。

ケート先生の過去は、ママより悲しいものだった。だからあたしは、先生の過去が来ない

ようによく自己暗示をかけた。

ケート先生はあたしに、ソファで休むように言ってくれた。

あたしはハローのこと、ハローが家出して何をしてたのか、ハローをママに会わせたものかどうか、考えながら眠りについた。

はっと気づくとアパートに大音響がしていた。防火ガラスの向こうが真っ赤に燃えていた。学校の方向だった。ポンプ室が爆発したのだ！　ハローは炎の中でバラバラになっていた。

いや、夢だった。

ドキドキ音を立ててるのはあたしの心臓だけで、周囲は静かだった。

防火ガラスの向こうも、闇だった。

今日はいろんなことがあった。もういちど毛布の下に入って眠ろうとした。

ハローが言ってた「警告……〝9×7〟……消滅……」が気になった。「……12……全……」とは、なんだろう？

わからない、とあたしはうとうとしながら思った。ここにユーロがいればいいのに。ユーロなら未来が見えるから、何が警告なのかわかるだろう。ユーロはどこにいるんだろう。あたしのことを考えてくれてるかしら？　ユーロもあたしと同じ、今、十二のはずだ。

ユーロはそして、あたしといつ会えるか、どこで会えるか、もう知ってるかもしれない。

I　ユーロ　シモン修道院

ピアリス　目次

ピアリス

I

ユーロ

シモン修道院

――十歳になってから少しずつぼくは〝時間〟が理解できるようになった。

それまでぼくの頭の中ではいろんな場面がバラバラに浮き沈み、夢だかほんとの思い出だか、数日前のことか三年前のことか、区別がつかないでいた。

だが、ある日ぼくはわかった。

時間は一年また一年と積みかさねられていく。三年前は近く、六年前は遠い。一年先は未来の時間で、ゆっくりぼくに近づいてくる。そして過去はぼくから遠ざかる。

ぼくは十歳の子供として、突然ここに存在したのではなく、去年は九つで、一昨年は八つだった。十年前に生まれて、一年ずつ齢《とし》をとっていったのだ。

思い出した場面を並べてみよう。時間にそって。そうすれば、過去の出来事の意味がわかってくるだろう。


…………


「ユーロ」

と、ぼくの妹が言った。

「うん、ピアリス」

と、ぼくは答えた。そこは駅で、さわがしく、たくさんの人がいた。

「ユーロ」

「うん、ピアリス」

手をしっかりつなぎあって時々お互いの名前を呼びあった。知らない人ばかりの中で右へ押され、左へ押された。

ぞっとすることが起きた。強い力でつないでいた手を解かれた。

「さあ女の子はこっち。男の子はあっち」

そしてピアリスはつれていかれた。

「ユーロ」「ユーロ」

ピアリスの泣くような声が人波の間から聞こえた。

「あとで会えるからね、ピアリス」

ぼくは大声で言った。ピアリスに聞こえただろうか……。


これは、ぼくとピアリスが、アムルーの、どこかの空港で別れたときの記憶だ。ぼくたちはともに五つだった。ピアリスの黒い髪、黒い大きな目、「ユーロ」と叫んだ声がずっとぼくの耳もとで聞こえてる。

ぼくは長い間、つまり、時間がよくわからないとき、ピアリスと別れたのはつい最近のことだと思っていた。でも、とても昔のことだったのだ。

それからぼくらは船に乗った。大きな船。

Main Characters

セル

ユーロのいるシモン修道院に新しく赴任してきた教師。エトラジェン人。

ユーロ

故郷のアムルー星を離れ、惑星ムウーンにあるシモン修道院に引きとられる。

ミカロ

シモン修道院のユーロの友人。ユーロより二歳年上の地球人。

ピアリス

ユーロの双子の妹。二人が五歳のときに、アムルー星の空港で別れわかれになる。

国を追われた、多くのアムルー人とともに。

船の中のことはよく覚えていない。みんな眠っていたのだ。

そして……ムウーンという惑星に着いた。


……………


「名前は?」

「ユーロ」

「ユーロ、男性、誕生日は?」

「知らない、五つ」

「出身国、地方は?」

「わからない……」

「誕生日もわからない?」

「寒いとき生まれた」……


ムウーンの……大きな建物の中だった……質問され、みんなカードをもらった。自己証明カード。ぼくのにはこう記入してある。

『誕生日・一月一日。仮定』

ぼくたちアムルー人は、広い〝難民収容所〟という場所に入れられた。一年をそこですごした。


「ムウーンて寒いとこだね」

「夏がないんだね。信じられない」

「これでも夏なんだそうだよ」

「ここは地球人の星なの？」

「地球人が入植したんだよ、三百年前に」

「戦争が終わったらアムルーに帰れるね」

「帰っても、家も土地も家族も国もない」……


そう。収容所の大人たちの会話はアムルー語だった。でも内容はわからない。戦争？　戦争ってなんだろう。地球人ってなんだろう。入植ってなんだろう。夏ってなんだろう。

そしてピアリスは、どこにいるのだろう。この収容所じゃなければ、いつ会えるんだろう。

やがてアムルー人は、いろんなコロニーにふり分けられた。次の一年半、ぼくはコロニー移民だった。コロニーはどこも満員で、あちこちへたらいまわしにされた。

あぶれた移民グループは北へ向かった。グループのメンバーはよく入れ替った。町をひとつ移るごとに人がへった。

人口三万のセルコンという学生都市に着いたときは三十名ほどだった。ここで他の移動グループと出会った。ぼくを含めて、初等学業期のものがまとめられた。十三人の少年が集められた。学校に行けるというのだ。リーダーがアムルー語で言った。


…………

「みなさん。さいわいにして、歴史のある修道院で身よりのない少年を引きとって、教育してくれるそうです。そこは地球人の学校ですから、あなたがたは地球式の教育を受けることになるでしょう。でも、あなたがたはアムルー星人です。アムルー語を忘れず、アムルーの夏と冬を忘れず、元気で強く……」……


学校はセルコンの街中ではなく、セルコンから北へ二十キロ、風ばかり吹く荒地のただなかにひとつだけ、寒そうに建っていた。

それがシモン修道院だった。

シモンというのは地球人の昔の聖者の名だということだった。

この荒野は寒かった。

ここに来て年少の二人が死んで、残りも病気になって、一年もたたないうちにみんな南へ行ってしまった。

ぼくだけが病気にもならず残った。

ずっとアムルー人の中にいたので地球語はよくわからなかった。おまけに、寒さでうまく動けなかった。眠かった。

最初に覚えた地球語は〝のろま〟だった。

修道院にいる地球人の生徒たちは、ぼくをその名で呼んだ。


…………


「おい、のろま」

「おまえはアムルー人だってな、アムルー人はみんなのろまだ」

「こいつまた眠ってるぜ」

「アムルー人はいつもなまけもので眠ってるのさ」

「放《ほう》っておきなさい……この子は冬眠期なんだよ」

「冬眠期って、なんですか」


…………

冬眠期ってなんだろう、と、ぼくは思った。

ぼくは八つのときシモンに来たが、それから二年間、いつも眠たかった。特に一年の前半、冬に眠たかった。どうもそのことが冬眠期というものらしい。だけど十歳になり、時間をつかまえ、記憶が整理できるようになると、眠りをコントロールできるようになってきた。

変わらずのろまと呼ばれていたが、ある日、「ぼくの名前はユーロ」と相手の顔をじっとのぞきこんで言ってから、やっとユーロと呼ばれるようになった。

時間が理解できるようになると、空間も把握できるようになった。荒野に建つ広い修道院の中で、ぼくはよく迷った。庭でも迷った。

でも今では修道院の建物の造りがぼくの頭の中に入っている。修道院の土地は四角い壁と塀で囲まれている。北と東と西に細長い建物があって、建物に囲まれた中庭があって、その中庭に道があって、いくつもに区切られている。南にはもうひとつ大きな庭があって、ここは山羊《やぎ》と羊を飼うのに使われている。

昼間は山羊と羊は南の門から外へ出て、夕方帰ってくる。教師と上級の生徒が交替で動物の世話をしている。犬もいる。

中庭のほとんどは果樹園と畑だ。

東側の建物は台所と食堂、地下は食物倉庫だ。二頭いる馬に車をつけて、二ヶ月に一回教師はセルコンへ買い出しに行く。生徒たちがつくった山羊のチーズやバターやジャムを売り、代わりに小麦粉や米粉を買ってくる。山羊や羊の毛も売る。生徒がつくった毛布も売る。代わりに生地《きじ》を買ってくる。シモン修道院は教師や教師見習いが百五十名ほど、十五歳以下の生徒が六十名ほどだった。

ぼくの他は全員地球人だった。

生徒たちは朝起きて畑仕事をし、お祈りをし、朝食をいただき、勉強し、糸をつむいだり毛糸を編んだり木の工作をしたりし、お茶をもらい、笛を習い、洗濯をし、清掃をし、夕食をいただき、週一度シャワーをあびた。

〝のろま〟と呼ばれていた頃、ぼくは朝、起きれなかった。畑仕事をしつつ、眠りこんだ。いつまでも字が読めなかった。糸を巻こうとすると指がもつれた。走ろうとすると足がもつれた。笛を吹くほど肺活量がなかった。筋力がなく洗濯物がしぼれなかった。要するに、ほんとうにのろまで、何もできなかった。

いや、ひとつだけできた。生徒や教師のいじめとうさばらしの対象になった。

それで悔しいとか悲しいとか考えるほどエネルギーがなかった。情操に霧がかかってて、何が起こってるかピンとこなかったのだ。

だから、台所にいつもいるかまど番の教師がぼくに親切にしてくれていたのにも気づかないでいた。かまどにつながる広い台の上はいつも暖かくて、ぼくは夕食後はよくそこで眠った。年少のアムルー人が寒さで二人死んでいたので、ここに残ったぼくが寒がりなら、かまどに近寄るぐらいは許すということになった。

畑仕事のない雨の日にもそこで眠った。かまど番の教師は水色の肌をしていた。ぼくに時々熱い湯をくれた。それには赤土の色がついていて甘い香りがした。ぼくの体が弱いというので、薬草入りの湯をくれていたらしかった。

その背の高い教師は、ぼくが十歳になる少し前に修道院から出ていった。後で考えるに、肌は水色というより、うすい緑だった。あれはムウーン人だったのだ。ムウーン人は〝野人〟〝野原の人〟と呼ばれていた。

ムウーン人は地球人の町にも地球人にも近寄らないのだと言われていた。そういうムウーン人がなぜ修道院にいたのか、なぜかまど番をしていたのか、なぜ出ていったのか、どこへ行ったのか、後になってあれこれ考えたが何もわからなかった。

ぼくは少しずつ修道院で使われてる地球人のことばを覚えた。字を覚えた。生徒たちの名を覚えた。教師の数は多すぎた。でも、いつも生徒の近くにいる教師や、かまどの番、羊の番など、同じ場所にいる教師の名と顔は覚えた。

ある朝、朝食の席で、院長が立って誰かを紹介した。細長い食堂は土地の傾斜にそって三つのフロアに分けられ、フロアにはそれぞれ段差があり、階段が何段かついていた。生徒たちの食卓は一番下のフロアで、院長の席を見上げなければならず、見上げても柱や人々の頭でぼくにはその人が見えなかった。

だが、紹介された人物は立って、挨拶をするため下の生徒のフロアまでおりてきた。それは新しい教師だった。

「私はセル教師です」

彼は低い声でゆっくりと言った。その目が生徒の顔をひとりずつ確かめるように動いて、ぼくのところでぴたりと止まった。

小柄なぼくは年下の生徒らと一緒に一番低い食卓に座っていた。ぼくが見返すと彼はさっと目をそらし、階段を上って上のフロアにもどっていった。


その日の夕方、台所に行くと、セル教師は台所のテーブルでパン生地をこねていた。ぼくはなるべく柱の陰をとおって火の消えたかまどにすり寄った。いつものように小さくなって暖をとっていると、セル教師はそのかまどに近寄ってきた。すぐそばまで来るとすっとひざをついて、目線をぼくの顔に向けた。

「きみはユーロだね」

ぼくは黙っていた。

「アムルー人だね」

ぼくが黙っていると、彼はべつの言い方に変えた。

「ヤーヤユーロ」「ヤーアウアムルーヤ」

アムルー語だ、とぼくは思ったがやはり黙っていた。教師はまた地球語に変えた。

「私の言っていることがわかる?」

ぼくはうなずいた。

「どうしてそこにいるの？」

「暖かいから」

やっと返事した。

「眠りは？　眠くない？」

なんと答えていいかわからなかった。

「眠い、けど、今は、眠くない」

「寒い？」

「寒いけど、かまどのそばは寒くない」

教師は手をのばしてぼくの両手を引き出した。ぼくは指なしの手袋をはめてた。ここでは寒い日はみんな手袋を使う。ぼくは一年中はめてた。

教師は左手の手袋を脱がせた。手の甲はあかぎれでひび割れて、にじんだ血が糊《のり》のように手袋を手にくっつけていた。

「この手はお湯にひたすといいね」

と、教師は言い、こんどは左足を引き出した。フェルト地のブーツを脱がせ、かかとのすりきれた靴下を取った。足もあかぎれで、乾いた血がこびりついていた。

「お湯はいつ使うの」

「金曜日」

と、ぼくは答えた。お湯は充分にはない。誰がいつシャワーを使うかは決められてあった。教師は粉で白くなった指をのばしてひび割れて血の乾いたぼくのくちびるにふれた。

そして立ち上がってパンの作業にもどった。

生徒は、三つのグループに分けられていた。ぼくのグループは十七名で、十五歳の年長者から七歳の小さな子までいろんな年齢の子がいた。

このグループの寝室の下は羊小屋だったので、ぼくらが寝起きする部屋は羊部屋と呼ばれていた。

セル教師が来てから十日も過ぎた頃だ。その夜、八時を過ぎて、年長者が、眠る用意をしてるぼくを羊部屋からつれだした。

セル教師が呼んでいるという。

石造りの廊下は真っ暗で、年長者のろうそくの灯《あか》りがかえって不気味だった。いくつもの廊下をぬけてやっとひとつのドアの前に着いた。

年長者はドアを叩いた。ドアが開くと部屋の光が廊下にこぼれた。セル教師が立っていた。年長者はぼくをドアの中におしこんで、帰っていった。

教師の個人部屋に入るのは初めてだった。

セル教師の部屋には暖炉があり、炎を噴いて石炭が燃えていた。そのあかあかとした熱は、ぼくのひび割れたほおまで届いた。やかんと大きな鍋に湯が沸いていて、部屋の中央には湯気のたつたらいが置かれていた。

「ユーロ、服を脱ぎなさい。風呂に入るんだよ」

急にそう言われてとまどった。熱い湯の中に浸《つか》るというのは、生まれて初めての体験だった。でもシャワーのために風呂場で裸になることはあっても、ここは個人の部屋で、教師とぼくしかいない。

風呂に入りたいぼくと、教師の前で服を脱ぎたくないぼくが、せめぎあって動けずにいると、教師は指をのばしてぼくの上着の前ボタンを首もとからひとつずつ外し始めた。

修道院では教師も生徒も、全員同じ服を着ていた。丈の長さが異なるぐらいで、毛か綿製の黒い長袖《ながそで》のワンピースだった。

服がぼくの足もとへ落ちると、その下に着ていた灰色の丸えりのシャツを、ぼくの首をとおして脱がせた。

黒いズボンはゆったりしたサイズで、ひざ下まであった。教師はズボンの両ひざ下の紐《ひも》と腰の紐を解いて、灰色の下着ごとそれも脱がせた。黒い靴と靴下、手袋も取った。あかぎれで赤い手足に、部屋の湿気は気持ちがよかった。セル教師はぼくの両脇をすくうように抱き上げて、湯の入ったたらいの中にぼくをおろした。

湯は少し熱く、裸の足先はきゅっと冷たい感触があった。教師は湯の中にしゃがむように言い、黄色いスポンジに石鹼をぬって白いこまかい泡を立て、それをぼくに手渡した。

ぼくは熱いお湯の幸福感で、頭がぼうっとしていた。教師はしゃくしですくったお湯をぼくの後頭部へそろそろとかけた。

別のバケツから、熱い湯がたらいの中に入れられた。ぼくは頭のてっぺんから白い泡まみれになった。最後に、髪や肩に湯をかけて泡を洗い流すと、教師は大きなタオルを広げてぼくをくるみこみ、炉のそばの木の椅子《いす》に座らせた。

ポットの湯を入れてとろりとした熱い飲み物をつくると、それをぼくに渡した。ぼくがそれを飲んでる間、教師は乾いた布でぼくの髪をふいた。

「きみの名はユーロ、アムルー人だね」

と教師は言った。熱い湯のあとに熱い飲み物をすすって、ぼくのひたいからは玉になって汗がふき出していた。

「きみがいた星のことを覚えているかい?」

ぼくは目を動かして、セル教師の顔を見た。

「きみはこのムウーンではない惑星にいたのだよ。覚えてないかい? 忘れてしまったの?」

ぼくは答えようがなく黙っていた。だいたい、なぜセル教師がぼくがアムルー人であることをそんなに気にするのかわからなかった。これまでぼくにそんなことを聞いた人もいなかった。すると教師はノートを開いて、一枚のカードを取り出した。それはムウーンに来たときもらったぼくの自己証明カードだった。

ぼくのベッドのそばのたんすの中にいつも入れてあるやつだった。

「きみのだね？　ここに持ってきたよ。こんな大切なものを、誰でも開けられるたんすの中に入れておいてはいけない。こういうのはね、信頼できる大人にあずけておくものなのだ。そうしないと、誰かに盗《と》られてしまう」

盗ったのはおまえだ、と思ったが黙っていた。ぼくは熱い風呂をもらい、飲み物をもらっていた。さらに教師は油薬を取り出して、ぼくの手足にぬってくれた。とても気持ちがよかった。だがカードの一件でぼくは心にこう決めた。

「セルには気をつけなければいけない。この教師を信頼してはならない」

セル教師は言った。

「このカードは私が持っていてあげる。必要なときは、返してあげる。この修道院から外に出ることもないから当分は必要ないだろう」

ぼくはうなずいた。

「きみの両親や家族のことを話しておくれ」

「覚えてません」

「なにも？」

「ぜんぜん」

ピアリスのことは覚えていた。

……「ユーロ」……

引き放された手。泣きそうな声。でも、セルに語る気はなかった。代わりにセルが語りはじめた。

「きみは五つのときにアムルーを脱出したのだね。小さかったし、覚えてないのだろう。きみの星はね、アムルーという、それは古い歴史をもつ惑星でね、この惑星はふたつの季節を持っている。それはね、あらゆる植物が音を立てて育ち大地が太陽に焼かれる真夏と、雪と氷ですべてが閉ざされる真冬だ。すこしこれから天文学をやるといい。そうすればわかるようになる。アムルーは夏は太陽に焼かれるほど近づき、冬はかなたへ遠ざかる。アムルーでは、冬はすべてが眠るんだ。人も樹木も動物も。冬に成長するのは氷と地衣植物、氷ごけのことだね。それぐらいなものだ。

アムルー人は何百年も何千年も何万年も、そうやって冬と夏をすごしてきた。やがて他星の人々と出会い、宇宙に出ていくようになった。だけど、アムルー星人はね、どの惑星の都市で見ても判別がつく。彼らの惑星の生体リズムが彼らを支配しているからね。その生体リズムが、冬になると彼らをとろとろと眠らせ、夏になると一日の大半を目覚めてすごさせる。オゾン層の少ないアムルーの盛夏は、アムルー人の肌を琥珀色《こはくいろ》に変えていく。アムルー人は、冬には白く、夏には褐色《かっしょく》にと変化するのだよ。知っていたかい？」

ぼくは心臓をどきどきさせながらこの話を聞いていた。ぼくは寒い日に生まれた。アムルーの、冬に生まれたのだ。でもぼくは、生まれて、いや、ムウーンへ来てから一度も、夏に肌の色が変化したことはない。ただ、いつも眠く、特に冬場が眠いのは本当だった。

「アムルーにくらべて、ムウーンはもっとおだやかな四季を持っている。真夏も真冬もない。でも、夏がない涼しい気候は、アムルー人にとっては漫然と寒い季節が続いているという感じだろうね。特に、この荒地の風は冷たいからね。きみの生体リズムは、この気候についていくのに苦労しただろうね。

教師たちに聞いたけど、きみはいつも起きてるのか眠ってるのか、わからない夢遊状態が続いてるらしいね。一部の教師は、きみを発育障害児だと思っている」

ぼくはじいっと話を聞いていた。セル教師の言ってることはぜんぶ理解できた。一年前ならきっと理解できなかった。これも、ぼくが時間を発見して世界の成り立ちがわかってきたせいだ。

「きみは肌の変化がないね？　おそらくきみはアムルー人だけど、地球人かエトラジェン星人との混血《ハーフ》なんだろうね」

ぼくの心臓はのどもとまで飛び上がった。ぼくの自己証明カードの記載を思い出した。

『アムルー人。混血第一世代。推定』

そう書かれていたことばの意味を、今ぼくは理解した。

そしてぼくは夏を、ピアリスを思い出した。

緑こい巨大な木。木々のつらなる深い森。

つないでいた、ピアリスの手。琥珀色の手。

ぼくの妹。ぼくの双子の妹。ピアリスは夏の肌に変化していた。ぼく。ぼくは変化がない。

これは、どういうことだろう。

……「ユーロ」……

空港で別れてしまった。黒い目、黒い髪のピアリス。双子だと思っていたのに、もしかしてそれはぼくの思いこみだったんだろうか。ぼくはピアリスと、ほんとのきょうだいじゃなかったんだろうか。そう思うと涙がこみあげてきた。

その涙が汗と一緒に白いタオルの上に落ちると、教師は髪をふいてた布でぼくの顔をふいて、顔を寄せてきてぼくのほおにキスをした。

「どうしたの、泣くことはないよ」

そのとき、ビジョンが訪れた。

ビジョンを、ビジョンとして認識できたのは、これが初めてだった。もしかしたら以前にも、この訪れはあったのかもしれないが、時を判別できない頃は何が夢で何が現実で何が記憶かすらわからず混乱していたから。

ビジョンは、かげろうのようにゆらゆらと透きとおってぼくの目の前に広がった。

ぼくとセル教師はひとつのベッドで眠っていた。ぼくは十歳ではなく、かなり成長していた。セル教師は……疲れて、老いて見えた。それは、この部屋と似た部屋だった。そして風景はどんどん透けて広がっていって、消えた。

消えると、目の前には元気な、若いセル教師がいた。彼は指でぼくのまつげの涙を払った。

「私の話がわかる？」

ぼくはうなずいた。

「かわいそうに、長い間ひとりぼっちで、誰からも理解してもらえず、さみしかっただろうね。二年前きみがこのシモンへ来たとき、アムルーの少年たちと一緒だっただろう？　聞いたけど、夏の色変わりが始まったとたん、紫外線不足で、年少の二少年が数日で死んでしまったんだって？　残りのアムルーの少年たちも次々と病気になり、全員もっと南の地へ移動したのだと聞いたよ。きみはおそらく、ムウーンで一番北に住んでるアムルー人だね」

ピアリス。ピアリスは、南にいるのだろうか。

「南へ行きたい」

ふと口をついて出た。あわてて、つけ加えた。

「ここは寒いから」

「いつか、つれていってあげる」

と、セル教師は言った。〝ぼくの自己証明カードと一緒に〟と、ぼくは思った。

セル教師はぼくのくちびるにキスした。すぐ顔をはなしたが、またキスしてきた。ぼくはまばたきして涙を払いながら、彼はぼくをなぐさめようとしてるのだろうかと考えた。

長いあいだぼくは誰かにキスされることはなかった。コロニーからコロニーへ、アムルーの難民と移動してるとき、アムルー人たちは、別れるとき、出会ったとき、キスをくりかえした。〝元気でね〟と言って、アムルー人の女性がぼくを抱きしめてほおやくちびるにキスしてくれた。どの家族も、年をとった親と小さな子供をつれてた。ぼくの入る余地はなかった。キスをして、別れた。

教師のキスを受けながら、ではぼくは、教師の家族になるのだろうかと思った。さっきの、ふたりが一緒のベッドで眠ってるビジョンを思い出し、もしかしてぼくはセルと結婚するのだろうかと考えた。

それなら、彼がぼくの自己証明カードを持っていっても無理ないことだ。

「質問が、あるん、ですけど」

「いいよ、なんでも」

「あなたは、アムルー人？」

「ちがうよ。でも昔、アムルーに住んでたことがある。だからすこしはアムルーのことは知ってるよ」

アムルー人じゃない？　なら、なぜ彼はぼくにキスするのだろう。アムルー人じゃないのに、ぼくは彼と結婚なんてできるものだろうか。

その当時のぼくの頭では、結婚とは、一日一緒にすごし、時々キスをし、同じベッドでスヤスヤ眠ることだと思っていた。ぼくは、ピアリスと結婚したいと考えていた。ぼくは十歳だったのだから笑ってはいけない。十歳の少年にとって結婚はほとんどファンタジーの世界だ。

「あなたは、地球人?」

「ちがうよ」

「あなたは……じゃ、なに人?」

「エトラジェン人だよ」

しばらく頭が空白になった。

「エトラジェン人って、なに?」

「この宇宙にはね、たくさんのエトラジェン人と、たくさんの地球人と、わずかのアムルー人が住んでいるんだよ」

「ムウーン人は?」

「ムウーンの入植は地球人が古いけど、エトラジェン人の都市もムウーンにはたくさんあるんだよ」

「青いムウーン人のことだよ」

「野人のことかい？　あれはちがうんだよ、すこし。すこし種がちがうんだ」

「野人は、人間じゃないの」

セル教師は笑った。うすいくちびるの両はしが持ち上がり、ぼくは彼が笑うのを見るのは初めてだったことに気づいた。

「おやきみは、頭がよさそうだね？　野人はね、ちがう人間なんだよ。どうちがうかというとね、エトラジェン人、地球人、アムルー人は互いに結婚して子供ができる。特にエトラジェン人と地球人はとても近いところがある。青いムウーン人との間には子供は産まれない。遺伝子がちがうんだよ」

「ぼくは——」

思いきって聞いた。

「あなたと結婚するの？」

聞いたとたん後悔した。笑われる。だがセル教師はぼくの目をじっとのぞきこんで黙っていた。

「そうだよ」

彼の声はすこしかすれていた。

ぼくの髪にふれる指はふるえていた。さらに、ささやくように聞いた。

「どうして、そう、わかったのかね？」

「なんとなく」

「誰か他に、結婚したい相手がいるかい？」

ピアリス、と思ったが黙っていた。

「では、私でいいね？」

彼は聞いた。

「だって、そうなるんだよ」

彼は両手で自分の顔をおおった。そして、うなだれて、ぼくの前にひざまずいた。

「そうか」

どうして彼がこんなに感動してるのか、わからなかった。彼はぱっと身を起こすとぼくの頭をつかんで、音を立ててぼくのひたいにキスした。立ち上がると部屋をぐるぐる歩き出した。

セル教師が壁の前でぱっと向きを変えるたび、肩まである髪が暖かい空気にひるがえった。ぼくは恐ろしくなった。だがやがてセル教師は大きく呼吸して興奮を静めると、ぼくのそばへ来て座った。

「私にはわかっていた、きみに会えることが。きみにもわかっていた、私に会えることが。これは約束なのだよ、そして」

彼はぼくの手をとった。

「約束をたがえてはいけない。わかるね」

ぼくはうなずいた。

その夜、ぼくは洗った体に再び同じ衣服をまとって、教師に手を引かれて羊部屋にもどってきた。

夜半を過ぎていたが、ぼくの生体リズムは春から急速に夏に向かっていて、冬季ほど眠くはなかった。

セル教師は、この話は秘密だと言った。ぼくも誰にも話す気はなかった。油をぬってもらった手足はいつもより暖かだった。羊部屋の冷たいベッドにもぐりこみながら、ぼくはいつ彼と同じベッドに眠るようになるのだろうかと考えた。きっと、何年も先だ。ぼくがかなり成長してから。

それにしてもなぜ、あのビジョンのセル教師は、あんなに老いていたのだろう。


セル教師はぼくの婚約者になった。でも、これといって変わったことは何も起こらなかった。ただ、ぼくが台所に行って、そこにセル教師がいると、小さなたらいに熱い湯を入れて、裸足《はだし》になってそこに足を入れるように言った。そのあと、薬をぬってくれた。

ぼくの髪に手をふれることも、キスすることも、話しかけることもなかった。

まるで、これまで眠りこけてた日々をとりもどすかのように、眠れない夜が続いた。昼間もちゃんと起きてられたし、失敗もなくなった。一日の計画を立てられ、この次に何をするのか、せかされなくてもできるようになった。三日に一夜ほど眠くなったが、あとの夜は目が覚めていた。ぼくは、ムウーンに来てからの細かいことをあれこれ思い出して夜をすごした。アムルーのことは……よく思い出せない。

空港で別れたピアリスのこと、森の夏、それしか思い出せない。ピアリスはどうだろう。ピアリスもアムルーのことを思い出せずにいるだろうか？

〝ピアリスが忘れることはない〟

ぼくの内部の静かな声がしっかりとそう言った。そのとおりだとぼくは知ってた。

ピアリスが、忘れることは、何もない。

ぼくは羊部屋のグループの顔と名を全部覚え、相手の言ってることが理解できるようになり、仕事もちゃんとできるようになり、仲良しの仲間もできた。

ふたつ年上のミカロという子がいて、小さいときの事故で左足を引きずっていた。重い荷物運びと早く走るのが苦手だったが、笛も庭仕事も糸巻きも数学もグループでは一番上手で、教師が何かにつけミカロをほめるので年長者はやっかんで、ミカロに地下倉庫から重い豆袋を運ばせたり、羊を追わせたり、食事を運ぶ彼の足を引っかけて転ばせたり、ちょくちょくいじめていた。そして無理をした左足は夜になると腫《は》れ、彼は痛さに時々うなった。夜、目覚めてたぼくは、となりのベッドの彼の声を聞き、セル教師が台所にいるときに、薬があると言って、ミカロを台所に引っぱっていった。

セル教師はミカロの足を見て、お湯にひたし、ゆっくりもみほぐした。粉と酢をまぜてねり薬をつくると、足首にぬって、油紙と布をていねいに巻きつけた。

この治療のありさまを見て、ぼくはあの夜、ぼくの自己証明カードをセルが盗み取った一件でセルを〝信用してはならない〟と思ったことは、まちがってたかもしれないと考えた。

ミカロは治療を喜んだ。

「きみはセル教師と仲がいいんだね。きみのたのみだから、きいてくれたんだね」

と、ミカロは言った。ぼくは何とも答えなかったが、ぼくとミカロは友達になった。

ぼくはミカロから数学と地球語、かたことのエトラジェン語、化学、歴史、笛を教わった。

ミカロはとてもたくさんのことを知っていた。

こんな修道院にいて、どうしてそんないろんなことを知ってるのかと思ったが、やがてその秘密がわかった。

ミカロと友人になると、ミカロは羊の番のパートナーにぼくを選んだ。暑くないムウーンの七月と八月、毎日羊たちをつれて南の門を出て三人の教師、三匹の犬とともに草地へ出かけた。

「アムルー人はたくさんムウーンへ来ているよ、アムルーでは戦争をやっているんだ」

そして、教師たちからはなれたところで、ポシェットから小さなラジオをとりだした。

直径三センチもない小さなラジオだった。細いアンテナを引き出して立てた。

「これは感光電池なんだよ。光があると動くんだ。これでニュースを聞くんだよ。エトラジェン語の放送も入るんだ」

「アムルーっていつまで戦争をやってるの？」

「それはわからない」

「アムルー人は地球人と戦争をやってるの？」

「いや、アムルー人同士でやってるんだよ」

これはぼくにはショックだった。

「それで、負けたアムルー人たちは、家を追われ、国を追われるんだ。そして、アムルーって氷の冬があるんだろ？　家がなければ冬眠ができないんだろ？　みんな死んでしまうだろ？　だから、地球人とエトラジェン人が、毎年、家を失って死ぬしかない人たちを、秋に救出に行くんだよ、空港に。冬の前に。そしてムウーンにつれてきたり、エトラジェン星につれていったりするんだよ。これはね、ただでやってるわけじゃないんだよ。

アムルー人はいずれ飛行代を支払わなきゃならないんだ。アムルー人は必死で働くんだけど、一年の半分は眠ってるだろ？　だから一生働かなきゃならないんだ」

「ぼくの分は、誰が払ってるの？」

「きみは自己証明カードを持ってるだろ？　きみの分は自分で払うんだよ。大人になったら、あのカードを使って、働いたことを証明して、もうけから差し引かれるんだよ」

「もうけはぜんぶ差し引かれるの？」

「基本的生活の分は引かれないんだよ」

「それって希望がないね」

「でもね、二十年か三十年がんばって働けば返せるって話だよ」

「この修道院の生活費もあとで払わなきゃいけないのかな」

ぼくは、心配になった。


ミカロは野原を歩いて野いちごや野梅の実を教えてくれた。食べられる種や枝や草、毒のあるキノコや虫、木の根の間にある甘いコケのびっしりはえた石、細い流れの河原に落ちてるローロー鳥の青いフンは口の中でずっと嚙《か》んでるとゼリーのようにやわらかくなった。

夕方、帰る時刻になると教師たちの合図の笛が聞こえた。ミカロも答えて笛を吹いた。そしてラジオをポシェットにしまった。

ミカロの一家は、ミカロが五歳のとき、工場の爆発に巻きこまれた。町と工場で大火災が起こり多くの人々が火災に巻きこまれて死傷した。ミカロの父は別の町に働きに出かけた。母親は火傷《やけど》で入院した。だがやがて弱って亡くなった。一歳の妹は都市へ養女にやられた。三歳の妹は母の友人が引きとった。でも、ミカロまでは無理だった。ミカロは六歳のとき、シモンに引きとられた。

修道院にいる者はだいたい似た運命の少年たちだった。ミカロはまだ、母親の友人宅と手紙をやりとりすることができた。父親の仕事がうまくいったら、むかえに来てもらえると思っていた。でも父親は、どこにいるのかわからなかった。

「ぼくの生まれた家はもうないけど、何度も何度も夢を見るんだ。ぼくは家へ帰ってる。母さんがぼくに、お父さんが帰ってくるよと言う。ぼくは妹と表へとび出す。小さなかきねにつかまっていると、父さんが帰ってくる。ぼくは飛んでいって抱きつく。手を引っぱって、はやく、と家につれていく。父さんは泣きそうな顔で笑っている。でも家に入ると、母さんも妹もいない。赤ん坊もいない。二部屋しかない家なんだ。ぼくは、ああ、母さんは死んだんだ。父さん、どんなに悲しむだろうと思ってふりかえる。

すると父さんもいない。ぼくは表へ出てみる。すると白いかきねもない。ぼくは家をふり向く。すると家もない。そしてなんにもないとこで、ぼくは立ってるんだ。

この夢を見ると、もう今はそんなことはないけど、帰りたくて帰りたくて、走って修道院

の南門から逃げ出すんだ。そして野原で迷って、泣いてるところを追ってきた教師がつかまえてつれ帰る。

〝ひとりで外へ出ると野人に攫《さら》われるよ〟なんて言われてね。

きっと父さんもね、家へ帰って母さんやぼくに会いたいだろうな。母さんが死んだことをまだ知らないかもしれない。父さんは母さんの病院に手紙を出したんだ。でも、何かのてちがいで、届かないんだ。それともとても遠くで働いていて、手紙も書けないのかもしれない。ねえ、父さんはどこにいるのかな。早くむかえに来ないかな」

ミカロは草地につっぷしてしばらく顔をおおっていた。ぼくは言った。

「ぼくも、別れた妹がいる」

「会いたい?」

「うん。きっといつか会えるよ」

「そうだな。会えるよな。そう思ってないと、つらいもんな。生きてるんなら、会えるよな」

静かに秋がすぎる頃、ぼくはぼくの生体リズムが冬に向かってるのを知った。ぼくは動くのがだんだんつらくなった。低気圧とともに、霧雨が何日も続いた。ある日、回廊で雨の中庭をながめていたぼくは、北側の角の、石造りの建物がふるえながら、大地に吸いこまれていくのに気づいた。

そこは生徒や教師たちが集まる勉強室のひとつだった。建物の一部は中庭に向かって崩壊し、一部は隣接する教会に向かって崩れ落ちた。屋根は瓦《かわら》をまき散らしながら落下し石やガラスの破片が八方に飛び散った。

ぼくは声にならぬ声を上げて回廊の柱にしがみついた。体中が震え、冷たい汗が毛穴から噴き出した。見つめているうちに、ビジョンは去った——北側の二階建ての勉強室は——雨の中にしっとりと建っていた。

ぼくが回廊の柱にもたれて動けないでいるのを、べつの教師が見つけて羊部屋へ運んでくれた。いつもの眠り病だと思われたのだが、いつもと異なった。ぼくは発熱した。

ミルクや薬を飲まされたらしいが、ぼくは吐いた。目覚めたのは翌日のお昼で、ひたいに冷たい布がおかれていた。ベッドのそばには、ミカロが座って小さな音でラジオを聞いていた。ぼくが目覚めたのがわかると、ミカロはにっこりした。

「冬眠が始まったんだね。おなかすいた？　何か食べる？」

そういうミカロの頭はたちまちぐちゃっとつぶれて、口から大量の血を吐き出した。胸部はめりめりと内側にめりこみ骨がきしきしと音をたてた。

ぼくは枕につっぷしてわっと泣きだした。苦しくてシーツに爪を立てた。震えが止まらなかった。ミカロは驚いて、ぼくがもぐりこんだ毛布の上からぼくを抱きしめた。

「え、どうしたんだ、どうしたの、苦しいの」

涙だらけの顔を上げると、ミカロのきれいな顔が目の前にあった。くちびるがわななき、何も言えなかった。ミカロはぼくの手をとった。ぼくは両手でそれにしがみついた。暖かい手。暖かい手。この手が粉々に砕ける。ミカロは死んでしまう。北側の教室の中で。石につぶされて。

神さま、と、ぼくは初めて祈った。神さま、やめてください、ミカロを死なせないでください。べつのビジョンをください、ミカロを助けて。

ぼくの高熱とパニックは、冬眠の始まったアムルー人の気質だと思われて放っておかれたため、ぼくは何も説明せずにすんでそれは助かった。

だけど続く一週間の間に、ぼくは次々とあの崩壊する北側の教室で死ぬ予定の人たちを見つけて、見つけては気が遠くなった。

ぼくは見たくなかった。見たくないけど、それが現われる。ぼくは何も食べられなくなり、少し食べては吐いた。水を飲んでも吐いた。胃が空っぽのときは胃液を吐いた。その胃液に血が混じった。

さすがにセル教師はたちまち痩《や》せたぼくを見て、冬眠のせいだけではないと気づいた。ぼくは一日の大半、使わないかまどの奥にもぐりこんでいた。羊部屋のベッドにいると、ミカロが陽気に、あるいはやさしく話しかけてきた。いつものように、ラジオで聞いたおもしろい話をしようとした。

ぼくはミカロの声を聞くだけで苦しくて、どうしていいかわからなかった。眠ったふりをして、返事をせず毛布をかぶっていた。

ミカロはやがて、話しかけるのをあきらめた。

セル教師はぼくをかまどの奥から引っぱり出した。あの風呂に入れてくれた夜以来初めて、彼の部屋へつれていった。

彼は暖炉の前にぼくを座らせた。

「話してごらん」

と、言った。

話せなかった。涙があふれた。彼の部屋にいるとほっとした。彼は死者の葬列に加わっていない。彼は未来で、ぼくとベッドで眠っている。

「何か起こるんだね」

教師は言った。

ぼくはびくっとした。どうしてセルが、そんなことを知ってるんだろう。彼は続けた。

「それは、いつのこと？」

わからなかった。明日かもしれなかった。来週かもしれなかった。一年以上、先ではなか

った。死者の姿は今とあまり変わらなかったからだ。

「ここの者は全員死ぬの？」

教師のことばに、ぼくは息が止まった。ぼくはセルを見た。彼はなぜこんなことを言うんだ。そのとき、はっと気づいた。

「セル、セルもあれを見たの？」

「いや、ユーロ、見てないよ」

「じゃ、どうして知ってるの？」

「きみが何かを見たということが、わかるだけだよ」

「ぼくが何かを見たなんて、どうしてわかるの？」

「それはね、ユーロ」

セルは顔を近づけてゆっくり言った。

「きみや私は時々、何かを見てしまう、そういう人間だからだよ」

セルは低い声で言った。

「我々は時々、死者の数を数えることがあるのだよ」

ぼくは首をふった。近づいたセルの顔をまじまじと見た。ぼくはセルにしがみついた。ただ、きれぎれのうめき声しか出なかった。セルはゆっくりぼくの背中をなでた。

呼吸ができるようになると、ぼくはやっと言った。

「全員は死なない」

「何人？」

「半分ぐらいだと思う」

答えたとたん、胃液を吐いた。セルの黒い服の胸にそれはしみになって流れた。セルはすぐ暖炉のタオルをとって、ぼくの口のまわりをぬぐった。

「ごめんなさい……」

胃がまたシクシクしていた。

「つらいことを聞いてわるかったね」

と、セルは言って背中をなでた。

「いいかい、ユーロ」

しばらくしてセルは言った。

「こんど同じビジョンが現われたらよく見て、それがいつのことか、確かめるんだよ」

「ぼくはもう見たくない」

「いつのことかわかったら、助けられるかもしれないのだよ」

ぼくはびっくりしてセルを見た。

「ほんとう？」

ミカロ！　ミカロ！　ミカロを助けられるかもしれない。死者の数を数えずにすむかもしれない。

「ほんとう、セル、ほんとうに⁉」

「ユーロ、いつもではないが、未来の姿は変わることがあるんだよ」

ぼくはセルの服を引きちぎらんばかりに引っぱっていた。ぼくには他の道はない。もしかしてセルは気やすめを言ってるのかもしれない。セルはやはり信用できないやつかもしれない。だけどぼくはもう、セルからはなれることはできない。うそでもいいから、騙《だま》されてもいいから、ぼくはぼくの背中をなでる手が欲しい。


それから一週間、ぼくはセル教師の部屋にいた。セル教師は毎夜ぼくを風呂に入れ、手足に薬をぬった。眠るときは背中をゆっくりさすってくれた。ぼくは少しずつ食べられるようになった。二度、院長が様子を見にきた。

「特別扱いはよくない」という院長の声がうつらうつらしてる耳に聞こえた。

「病気なのです」

「きみが少年へのよこしまな気持ちをもって看病しているのではないことが、どうしてみんなにわかると思うのかね」

でも、ぼくとセルは婚約してるんです、とぼくの心は答えていたが、ささやくような声がもれただけだった。

ある日、ぼくはセルがきれいに洗濯してくれたいつもの服を着て、セルの部屋を出た。そして羊部屋に帰った。

部屋の中の様子はすこし変わっていた。ぼくのベッドは西の窓ぎわにぴったりと置かれ、二つのたんすで囲まれていた。ぼくの荷物袋はベッドの下に放りこまれ、引き出しの小物はベッドの上に散らされていた。

ぼくは授業が行われている教室へ行った。重いドアを開けると生徒たちがいっせいに目を向けた。冷たい、怒りの表情だった。教師は眼鏡の奥からぼくを睨《にら》んだ。ぼくは小さくなってそっと後の席に座った。窓ぎわのミカロがこちらを見ていた。ぼくと目が合うとついと目をそらした。

午後の作業中もぼくは遠まきにされた。食事の時間になったが、ぼくの椅子は生徒のテーブルから離れたところに置かれていた。

羊部屋にもどると、年長者が言った。

「まぬけ、近づくんじゃないぞ、おれたちに」

「もう病気はなおったんだ」

ぼくは小さい声で答えた。

「エトラジェン人の教師はな、まぬけなアムルー人を風呂に入れて、体中なめまわすんだ」

ぼくは真っ赤になった。泣きそうになって見回すとミカロが苛立《いらだ》った顔でこちらを見ていた。

「うそだ。セルはそんなことはしないよ」

グループの生徒たちはどっと笑い声を上げた。

「セルだって」

「セルは」

「うそだ、セルはそんなこと」

「するよ」

生徒たちはげらげらきいきい笑ってはやした。ぼくは自分のベッドに逃げた。彼らはたんすをドンドン叩いておどした。でも、ぼくのベッドにまで近寄っては来なかった。

翌日、台所へ行くとセル教師がいた。彼はぼくの自己証明カードをぼくに返した。

「用があって何日かここを出ることになったけど」

彼はじっとぼくを見た。

「私との約束を守っておくれ」

西の小さな門から、彼は出ていった。

ぼくはカードをベッドのそばの袋に入れた。頭がずきずきした。セルは追われた。なぜ？

ぼくの看病をしたからだ。

冬の眠りがよせてくる。なのに頭の芯《しん》がさえざえとしていた。

夕食前に教師が呼びにきた。ついていくと、講堂に人が集まっていた。

教頭がぼくを前方に招き寄せて、言った。

「ユーロ、きみはひとりだけセル教師に特別のはからいを受けた。つまり、ひいきされたのだ。ここではみんな公平でなければならない。きみは木の枝で三十、打たれることになった。印のあるくじを引いた者が、ひとつずつ、きみを打つ」

ぼくは椅子の前にひざまずくよう言われた。ひとりの教師がぼくの背中が見えるように服を半分脱がせた。印のあるくじを引いた者が細い木の枝を持って並んで立っていた。その中にはミカロもいた。

二十二までは数を数えたが、それから先は覚えていない。


ズキズキとした背中の痛みが眠りの友となった。ぼんやりした頭で目を開けると、庭番の教師がぼくの背中のぬり薬を張りかえているところだった。すこし首を動かすと、ミカロがたんすのそばに立ってるのが見えた。

彼は近寄ってきて、ぼくに水の入ったカップをさし出した。ぼくはそろそろとそれを飲み、また眠りに入った。

眠りの夢にも崩れていく教室が現われた。その砕けるガラスに映る空は青く澄みわたっていた。目が覚めたとき、ぼくは窓の外を見た。空はよどんだ白っぽい灰色だった。

そうだ、と、ぼくは思い出した。あの青い空、あれは春だ。これから冬、雪雲が広がり、空は灰色だ。だから春、もしかしたら夏かもしれない！　その頃までにはセルはまたシモンに帰っていて、死者を数えずにすむ、何かの方法を教えてくれる。

ぼくはベッドからおりて服を着た。本物の冬眠がやってきて動けなくなる前に、ミカロと仲なおりをしておきたかった。ぼくは修道院の中を歩いてミカロをさがした。出会う生徒は罰を受けたぼくをさけて通りすぎた。

中庭に、ミカロはいた。ぼくを見つけたが、羊部屋の生徒らと一緒にさっさと遠ざかっていった。追いかけようとしたが、やめた。

むねいっぱいに冷たい水がひたされたみたいだった。ピアリスと別れて以来、こんな悲しみを味わったことはない。ぼくは動けなくて、中庭を前に壁のくぼみに寄りかかっていた。

誰かが肩を叩いた。

ふり向くと、ミカロだった。

「シッ」と、くちびるに指を立て、「一ヶ月、おまえとくちきいちゃ、いけないって院長がみんなに言ったんだ」

ささやき声で早口に言った。

ぼくもささやき声で言った。

「ミカロ、みんながはやしてたようなこと、ぼくまだセル教師とはやってないよ」

「ばかだな、もういいんだよ、そんな話するなよ」

「ぼくと話してたら、きみも罰を受けるね」

「これから笛の授業なんだ。おまえは？」

「何もない」

「笛が終わったら午後の羊の番をやりにいくんだ、南の丘に。そこでラジオを聞くんだ。聞くかい？」

「うん」

いつもラジオを聞かせてもらった、樺《かば》の木のある丘のことだ。

「ほんとはおまえは病人だろう？」

「今は、ちょっと気分がいいんだ」

ミカロはさっとぼくから離れ、走って教室のほうへ行ってしまった。ぼくはそろそろ歩いて南門に来た。背中は痛かったが、眠くはなかった。修道院を出ると、樺の木の丘まで早足で歩いた。風はそれほど冷たくはなかった。

丘に登ると修道院が遠くに見えた。ぼくは風の来ない茂みを見つけて、ひざをかかえてそこに座り、ミカロの来るのを待った。一時間ほどで笛の授業は終わるはずだった。

そのとき、初冬の雲のすきまからすっと太陽の光が落ちてきた。見上げると上空の風が天上の雲を二つに分けているところだった。見るまに青空が広がっていった。

すこしだけ、不安になった。早く雲が流れてあの青空をかくしてくれないと。そうしないと。

突然、地面がゆれた。小さくゆれた。次に、大きく。座っていたのに、地面に転がった。地震は初めての体験だった。山崩れかと思った。ぼくは茂みの枝にしがみついた。立つことも動くこともできなかった。丘ごと崩れ去るのだと思った。地鳴りの音が大地のうめきのように響いていた。

少しずつ、小さなゆれになった。起き上がったときもまだゆれていた。空はすっかり晴れわたっていた。遠くに見える修道院の中庭に、埃《ほこり》が沸き立っているのがわかった。

ぼくは修道院に向かって走り出した。だいじょうぶ、笛の授業はもう終わっている、ミカロは南の門を出て、丘へ向かって走っているところだ。ぼくのひざはぶるぶると笑い、何度も転んだ。転がった。夢中で、体はどこも痛くは感じられなかった。肺が空気を求めてあえいだが、苦しさを感じなかった。汗が流れ、目の前が白くなったり黒くなったりした。南門の正面まで走ってきたとき、教師と生徒の群れが焦点のさだまらない目をしてわらわらと門から出てくるのが見えた。

馬車も引き出されていた。荷台に何人もの人が血だらけで横たえられていた。出てくる彼らの間をすりぬけて門の中に走りこんだ。

「外だ、外へ」

教師がどなった。小さい子を両腕に抱きあげて足を引きずっている。

「中はあぶない、外へ」

修道院の建物の中は粉塵《ふんじん》が舞っていた。台所を通りぬけると半分のかまどが崩れていた。廊下の天井は落ち、回廊の柱がいくつも倒れていた。中庭をつっきって北側の教室へ向かうと、ぼくが見たビジョンどおりの景観が現われた。埃の中に、倒壊した二階建ての、石造りの教室。

頭がどこかへ飛んでいったみたいに何も考えられなかった。ぼくの足は、なぜか宙に浮き上がった。毛布をかかえていた教師が、ぼくを横抱きにしたのだった。

「何をしてる、外へ逃げろ」

彼は野菜畑をふみつぶしながら、毛布とぼくを引きずって門へ向かった。

修道院の外では今からどうするか教師たちが大声で話し合っていた。人々は興奮してるか、呆然《ぼうぜん》としてるか、心臓をおさえて苦しがってるか、泣いているかだった。

結局、一人が馬でセルコンに走って修道院の急変を告げ救助をたのむことになった。何人かの教師や年長者は、わずかの木ぎれで骨折した者の手当てをしていた。シーツは細く引き裂かれて出血してる手足に巻かれた。動けない重傷者を荷台に乗せて、馬に引かせて二人の教師がセルコンに向かった。老いた教師は泣きながらセルコンも地震で大崩壊を起こしていて、修道院の救助どころではないはずだと身をよじっていた。二十人ほどの教師は院内にもどって倒壊した教室の瓦礫《がれき》の下から生存者を探しだそうとスコップをもって努力していた。地震のあとは必ずゆりかえしがあるので、それが終わるまでは生徒は院内に入ってはいけないと院長が宣言した。

その夜は、院内から持ち出した毛布にみんなでくるまって、薪《まき》を焚《た》いて丘の下で野宿をした。

翌日になるとセルコンからバスやトラックで救助隊がかけつけた。セルコンでも数ヶ所の壁が崩れ、数人の死者が出ていたが、概して惨事は少なかった。救助隊は丘の下に立派なテントを張ってくれた。修道院の人々は、十日ほどそこで寝泊まりした。

クレーンつきのトラックが倒壊した教室を掘り出すと、次々と埋もれた人々が見つかった。その作業には冬の季節中かかった。遺体が見つかると、布で巻かれ、聖堂の地下に並べられた。春になって土がやわらかくなってから、北側の墓地に埋められることになった。

地震の死者は百名ちょっとで生徒と教師がほぼ半々だった。崩壊した北側の建物には七十名近くの生徒と教師が集まっていた。笛や本や縫いかけのシーツや工作物が一緒に掘り出された。所有者のわからない遺品はまとめて祭壇の前の本箱に入れられていた。ぼくはある日、その中につぶれたミカロのラジオを見つけた。

ミカロの父親がシモン修道院にやって来たのは、地震から三週間過ぎた頃だった。災禍のショックで数日、ぼくは一睡もできなかった。夜になるとぼんやりと崩れた教室の瓦礫の前に立ってミカロの声が聞こえないかと静寂に耳をすませてみた。その反動である日、気を失うように深い眠りに陥った。

ぼくはたんすに囲まれたぼくのベッドにいたが、そのときふっと目覚めた。ひとりの教師に案内されて中背の男の人が羊部屋に入ってきた。

「ここがミカロが寝起きしていた部屋です。ミカロのベッドはあそこです」

教師が言い、男の人はミカロのベッドに近寄った。教師はたんすの引き出しからミカロのわずかな私物を入れた袋を取り出した。男の人は中を見て、自己証明カードを取り出した。

「息子の支払いは私がします」

「この修道院では、お金が使われないので、そのカードはここでは使われませんでした」

「修道院へ来るまでのバス代か馬車代が記録されてるでしょう」

と、父親は言った。

ぼくはベッドからおりて父親にミカロのつぶれたラジオをさし出した。ぼくはそれをぼくの服のポケットにずっと入れていた。父親はちょっと驚いてそれを受けとった。

父親が左の手首を見せると、同じラジオがベルトで留められていた。

「この通話機は、むかし、一家で工場に住んでた頃、会社から支給されたものです。妻にひとつ、私にひとつ。仕事の時間は不規則で、何時に帰れるか、今夜は工場泊まりか、作業員はこれを使って家族に連絡をしたのです」

「ミカロはラジオを聞いてたよ」

「ラジオの機能もある。通話は工場周辺だけに届いた。時計、計算機もついてる。きっと妻がミカロにわたしたんだな」

父親はそれを受けとってポケットに入れた。そして代わりにミカロの袋をぼくにわたした。

「よければ、きみ、使ってください」

ぼくはそれを受けとった。

「きみは、親は、いるの」

「どこかにいるかもしれない」

と、ぼくは答えた。彼は教師のあとについて部屋を出ていった。ドアのそばで立ち止まると肩をふるわせて柱にすがりついた。

「もうすこし、早く、あと三週間早く、むかえに来てたら。来れてたら」

彼はこぶしで柱を叩いた。

「あいつを抱けたのに。顔も見られないなんて。顔も見られない、あいつもオレを見ないまま死んだ。ミカロ……ミカロ」

ミカロはまだ土の下に埋もれていた。


冬季の長い眠りの中、ぼくは夢を見た。

樺の木の丘の茂みにひざを立て、ぼくは座ってミカロを待っている。すると、遠くから走ってくるミカロが見える。また何か重い荷物を持つ仕事をしたのか、足首が腫れてるみたいだ。彼は足をかばって立ち止まり、ぼくを見つけて手をふる。ぼくも両手をふる。

「おーおーおーい、ユーーロー―――」

「おー、おー、ーい、ミー、カー、ロー」

風の中を、ミカロがやってくる。

ふたりで、ラジオを聞くのだ。


パワーシャベルの音が窓を通して冬中きこえた。春が近づき、凍った土から次々と草の芽がふきだした。気圧がいつもより高くなった日、ぼくはぱっちりと目覚めた。

パワーシャベルの音は止まっていた。その日、最後の遺体が掘り出された。

ミカロの遺体が。

修道院を去ったセルがどこにいるのか、わからなかった。遠くにいる。ピアリスも遠くにいる。ぼくが会いたい人たちは、ぼくが彼らを必要なときに遠くにいる。

セルがシモンにもどってきたら、ぼくは彼の黒い服にしがみつこう。そして、ミカロの話を聞いてもらおう。セルが背中をなでてくれたら、ぼくは思いきり好きなだけ声を上げて泣こう。そうしたら、胸いっぱいのこの悲しみと苦しみが、すこしだけ癒《い》やされるだろう。

II

「9×7《ピアリス》」

あたしはピアリス。十二歳。

ダムダム・ママは今日あたしに学校を休むように言った。だから、起きて朝食をとって、台所をかたづけて、五階と六階の寝たきりの老人三人に水と食事を運んで帰ってきたら、もうすることがなくなった。

あたしはローラーシューズを取り出して留め金が壊れてないか調べ、ローラーに傷がないかチェックした。合成金属とプラスチックのローラーはつやつやと光っていた。あたしはワックス布でちょっと磨き、黒いソックスの上からそれをはいて、かかととつま先が動かないようにシューズの留め金を調節した。

あたしは立ち上がって片足で回転してみた。それから、トウで回転し、小さな8の字をいくつか描《か》いて回ってみた。シューズの調子はよく、音もほとんどなかった。

「ピアリス」

ママが呼んだ。

「上着を着て。そのシューズは脱ぐのよ」

「でもママ、バス代が一人分浮くよ。あたし、このシューズで、バスのリアバンパーをつかんで走れるから」

いい意見だ。だが、ママは言った。

「今日は地下鉄で行くの」

しかたなく、あたしははきかえて黒いランニング・シューズの紐を足首にぐるぐる巻きつけた。黒いマントを着て入口に行くとママは黒い帽子とコートを着て待ってた。

ママは決して、「早く」とか「まだなの」とか言わない。

この集合住宅——巨大なアパート——に住んでいると狭い廊下や開けっぱなしのドアからたえまなくイライラとした声が聞こえてくる。

「急げ！」

「まだなの、グズ！」

「早くしろって言っただろ！」

なぜママはみんなのように「早く、早く」と言わないのと、聞いたことがある。

ママはしばらく考えていた。そんなに答えにくい質問だろうかとあたしが思うぐらい長く。でもあたしも、「早く答えて」とは、言わなかった。

やがて、ダムダム・ママは言った。

「ママは、〝早く〟とか〝急げ〟ということばがこわいのよ。そのことばを聞くと緊張して苦しくなるの。小さいとき、村中の人が山をこえて逃げたの。何日も、何夜も。〝早く！〟〝急げ！〟と、言いながら」

「なぜ、逃げたの」

「逃げないと、殺されたから」

Main Characters

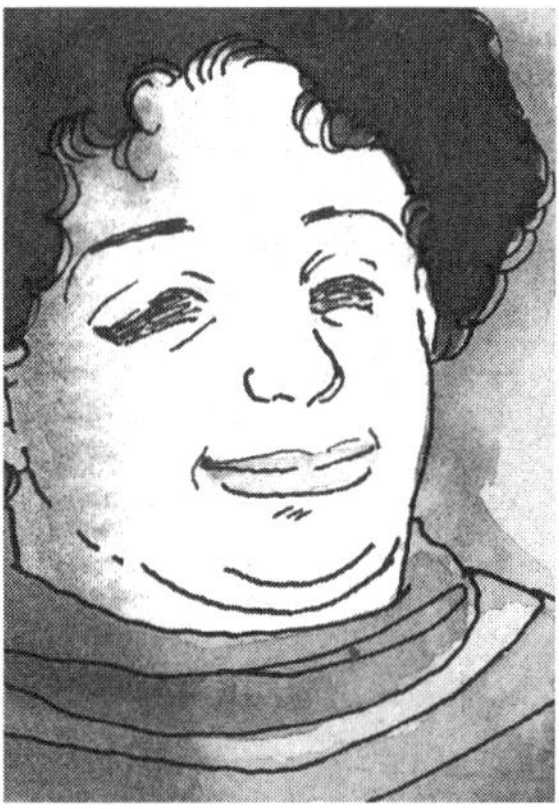

ダムダム・ママ

戦争のため、生まれ故郷のアムルー星を追われ、今は「9×7」で子供を育てる。

ピアリス

アムルー星人。双子の弟ユーロと離れ、エトラジェンの星の小さな島で暮らす。

シジュー

ピアリスと同じ「9×7」にある学校に通うちょっと太った男の子。

ダンテ

ピアリスと同じアパートに住む、いつもにこにこと明るい活発な女の子。

「どうして」

「戦争だったから。そのとき、早く走れない子供、急げない老人、けが人、そういう人たちはみんな逃げていく人々から遅れて死んでいくの。

　ママのお父さんはママと妹の手を引っぱってた。〝急げ！　死にたいのか、急げ！〟

　ママはあのとき一生の三倍分の〝急げ〟を聞いたからもうつくづく〝急げ〟はいいの。

　ママも〝急げ〟を言うかもしれない。それを言わないとあんたが死ぬかもしれないときはね。〝急げ〟は〝さもないと、死ぬ〟ぐらい苦しいことばなの、ママにはね。だからいやなの、使うのが」

　ママはため息をついた。

「あたしが用意が遅いとき、ママはイライラしない？」

聞くと、

「するよ。あんたって歌ったり踊ったりしてすぐやること忘れるからねえ」

　そういうときママは、「何をしていたの？」と聞く。つくづくと聞く。

「まわりをちゃんと見ていれば、自分がいつまでに何をすればいいか、自分でわかってくるものだよ。おまえはまだ子供だから上手にできないんだろうけど、そのうちちゃんと見えるようになるよ」

　そうなんだろうか。そうだといいけど。

そのためにはあたしはちゃんと見るやり方を勉強しなければいけない。

とにかく今日はあまりママを待たせなかった。三階から一階におりてゆくと、あたしと同じ十二歳のリセとダンテがいた。

ダンテはいつものように、にこにこと明るく、リセはいつものようにおどおどと下を向いていた。

あたしたちは四人でクリニックに向かった。

今日、あたしたちがクリニックに行くことは前から知らされてあった。あたしたちは予防接種を受けなければならないのだ。

妊娠しないために。

あたしたちが住んでるのは島だった。

むかしは、この島に咲く花の名がついていたという。

ダビルルファー、なんとかかんとか。

今はそんな花も木もない。この島のことをみんな「9×7」と呼ぶ。

この島のナンバーが、9・9・99・99・9だからだ。

はじめの9は、リーダデンの都市番号だ。

第九都市・リーダデンの、9番目の方位にある、99番目の地区の、99番目の島。

最後の9はレベルを表わす9だ。最低の9。

はからずも、9が7つ並んだので、「9×7」と呼ばれるようになった。

「9×7」は小さな島で、海ぞいの道を急いで歩けば二時間半でひとまわりできるほどの大きさだ。この島に、三百万から五百万の人間が住んでいる。島の北側には塔のように高いアパートがすし詰めで並んでいる。数がはっきりしないのは、住民登録をしてる他にも、無登録でおおぜい住んでいるからだ。

もちろんあたしたちは住民登録をし、居住許可証を持っている。許可証があると、予防接種が受けられるし、居住レベルを上げるテストも受けられる。

そして今日は予防接種。あたしたちは地下鉄が来るのを辛抱強く待った。一時間ほど待って、地下鉄はやっと来た。

地下鉄は五分走って島の最北の駅に着いた。そこで許可証の提示を車掌から求められた。トラブルはなく、あたしはほっとした。

地下鉄のような公共の場で許可証を提示できない者は、そのまま車掌に殺されても仕方がないという話を聞いていたからだ。でも、誰も死ぬ者はなく、地下鉄は再び出発した。

十分ほどでクリニックのある98島に着いた。ここのレベルは7だ。レベルが7だと水道と電気、浄化槽などが完備してあるはずだ。それも、島中の、どのアパートにも。すごい。

ママの立ち会いのもとで、予防接種は短時間ですんだ。あたしとダンテとリセの左腕の肩近くに小さなピースが張られ、加熱されるとそれは皮膚に沈んでいった。

この避妊薬は三年分だと言う。あたしとダンテは何もなかったが、リセは吐き気を訴えた。あたしたちはクリニックの木のある中庭で、リセの気分がもどるまで休んだ。

そう、レベル7だと、木があるのだ。

木を見るなんてひさしぶりだ。

緑の木を見ると、ユーロを思い出す。

ユーロ。あたしの、双子の弟。

五つのとき別れたきりだ。あの子はどこにいるかしら。どこかで、ちゃんと許可証をもらったかしら。あたしたちが育った館《やかた》の緑の木に、ふたりでよく登って遊んだっけ……。

そのとき、ダンテがあたしをつついた。

ダンテの目が〝見て〟と一方を示す。

見ると、中庭をよこぎる廊下に、同じ学校の男の子が何人かいた。

四人いた。うち、ふたりの名は知っていた。

髪の長いのが、カイジ。太ったのがシジュー。

四人とも、あたしたちに気づいていたが、目をそらして怒ったような顔で廊下を渡って行った。

そういえば、男の子も避妊の予防接種を受けるはずだった。おそらく、彼らの父親とか伯《お》父《じ》さんとかが彼らをここにつれてきたのだ。

「ねえ、ダムダム・ママ」

あたしはひそひそ声で聞いた。

「あの子たちの避妊って、どうやるの」

ダンテが恐ろし気な声で言った。

「去勢よ」

「ちがいます」

即座にママが言った。

「精子を不活性化させるのよ。肩に沈ませるピースのやり方は同じ。あんたたちは排卵が抑制されるの。とにかく、レベル9じゃ子供は産めないからね」

「レベル7だと、産めるの」

「レベル5のカルチャーからよ」

「レベル5って、何があるの」

「言わせて」

ダンテがうきうきと言った。

「一つの家に水道がふたつ、お湯と水が出てくるの、木が一本か二本ある庭、電気コンロ、窓ガラスのある学校、エレベーターのあるクリニック、それから、一軒に一台の車」

「車なんて、どこにおくの？　そんなもの、すぐ盗まれてなくなるよ」

リセが言うと、ダンテは答えた。

「車を盗む者なんかいないんだって、全員、車を持ってるし、欲しけりゃもっと買える金も持ってるんだから」

あたしはあこがれのため息をついた。

「夢みたい。犯罪がないなんて信じられない」

「勉強しなさい。そして上のレベルへ行くのよ、みんな」

ママが言った。

「〝9×7〟だけが世界じゃないのよ」


その日、アパートに帰ってくると四時を過ぎていた。ママは八時に帰るからと言って病院の仕事に出かけた。

あたしは靴をローラーシューズにはきかえて、ダンテを誘って通りへ出た。あたしはママが帰る八時までに家にもどればいいし、朝市の跡を探せば何か食べ物が見つかるかもしれなかった。

もちろん、あたしたちは遅く来たので、サヤマメひとつ拾えなかった。朝市の立つ広場は見晴らしがよく、わりと安全なので、小さい子供たちまでが出入りし、隅々をうろついてなんでも拾っていく。

ダンテはゴミ捨て場に行こうと言った。でも、六時には陽《ひ》が落ちる。明るいうちでないとゴミ捨て場は危険だ。

尖《とが》った建材やガラス、瓦礫、落ちてくる石組みがあるし、いたるところに穴があり、発火して燃えている。

「新しい近くのゴミ捨て場よ。時計塔から二本北に入ったアパートが二棟、崩れ落ちたの、先週。それがそのままゴミ捨て場になってるって。部分的にはくすぶってるけど、火は消えてるって。何かあるよ」

あたしは陽が落ちたら帰ると決めて、防火手袋をつけた。手首のスナップを留め、マントの三角の頭巾《ずきん》を頭にかぶり、鼻の上までスナップを留めた。

「防煙メガネが要《い》る」

と、あたしはダンテに言った。

「どっかで見つかるよ、運がよければ」

防煙マスクや防火手袋は布が見つかれば時間をかけてでも自分でつくれたけど、メガネだけは無理だった。それも、あたしが欲しいのは、夜でも見える赤外線メガネだった。運がよければ見つかるかもしれない。

あたしたちはローラーシューズで走って、二十分ほどで時計塔のある坂へ着いた。時計塔は、もとは時計がついていたのだろうが、今は文字もない文字盤だけがあった。

新しいゴミ捨て場はすぐわかった。まだ燃えていたからだ。それでも、煙を避ければ近づくことができた。

瓦礫が多いので、シューズをすべらせないように、ローラーの内側のエッジを使って用心して登った。

ダンテはすこし遅れた。そのとき、あたしの登ってる先、四、五メートル先に、男の子がひょいと立ち上がった。

クリニックで会った、髪の長いカイジと太ったシジューだった。

カイジは足もとの土砂を蹴った。白っぽいレンガは正面からあたしに向かって落下してきた。あたしは前のめりに倒れてそれをよけた。よけたとたん、ダンテに当たりはしなかったかと、どきっとして首をめぐらした。

シジューは重い体でどんどんと、瓦礫の上で跳ねていた。レンガや砂が雪崩《なだれ》を起こして落ちてきた。

あたしは土砂に巻きこまれないよう四肢をふんばったまま、砂と一緒に数メートルすべり落ちた。後ろにいたダンテが、すべるあたしの腰をおさえて止めてくれた。ダンテは石壁が斜めにかしいだ足場にいた。土砂は壁にはね返って土煙を上げた。

カイジとシジューは石壁のそばに、二秒でおりてきた。

カイジのローラーシューズはあたしのより性能がよさそうだった。つま先のところに、ひとつよぶんにローラーがついている。きっと方向転換が素早いだろう。

「オイ、今からおまえらをテゴメにしてやるからな」

カイジもシジューも鼻までマスクをつけていて声はくぐもっていたが、何を言ってるかはわかった。シジューは目にゴミでも入ったのか、手の甲で目を擦《こす》っていた。

「オレたちが去勢されたんじゃないことを見せてやる」

あたしは、〝何もそうは思ってない〟と言おうとしたが、ダンテが先に大声で言った。

「へえ、見せてごらん、よーく見てあげる。さぞ立派なんだろね、うちの兄ちゃんより立派なんだろね」

あたしはダンテの啖呵《たんか》に肝を縮めた。男の子を挑発するとまずい！

ところが、カイジとシジューはダンテに気圧《けお》されて少し肩を引いた。

そのとき、瓦礫の山の上にさらに二人、クリニックにいた男の子らが顔を出した。

カイジは引いた肩をもどした。

あたしたちをつきとばそうと、体当たりをしてきた。

カイジはあたしたちをつきとばせなかった。ダンテが、片手を壁に、片手をあたしの腰にかけたまま、両足を前につきだしてカイジの股間《こかん》を蹴りあげたからだ。

カイジは声も出さず前のめりに倒れこんだ。

ダンテはあたしの背を叩いた。あたしは半分砂に埋もれてたローラーシューズを引き出すと、もうすでに壁の向こうへ走りおりたダンテを追ってジャンプした。

つっ立ったまま動かない男の子たちの姿がちらっと目の端をかすめた。

あたしはもう、心臓がのどもとまでとびだして、泣きそうになっていた。あたしはほんとうに、こういう力ずくで起こるトラブルが大嫌いだった。でも、「9×7」では、大なり小なりトラブルは日常的なことで、もしトラブルが嫌いならば、絶対に自分からそれを引き起こさないよう、誰かが起こしたトラブルに巻きこまれないよう、細心の注意をはらう必要があった。

今日、クリニックに行って男の子の避妊の現場にいあわせたのは、あたしの望んだことじゃない。でも、いあわせてしまったし、男の子はそのことで恥をかかされたと思ったのだ。

あたしはダンテを追って右へ回りこんだが、ダンテの姿は見えなかった。さらに右へ回ると、追ってきたシジューと正面衝突《しょうとつ》しそうになった。あたしはかかとを半回転させて左へ逃げた。

その方向の斜面から、べつの男の子がすべりおりてきた。あたしは目を左右に走らせ、パイプの束がアーチ状に道をつくっている、細い梁《はり》の上にローラーを走らせた。

パイプは途中で行き止まっていた。回転してもどるか、ジャンプするか。シジューが太った体でパイプの上を追ってきた。パイプはゆれ、ピシピシピシと高い音を立て、上から配管の部品がパラパラと落ちてきた。

あたしはジャンプした。

前方にある、少しひらたいパネルを目指した。距離は十メートルぐらい？　着地のとき、転倒しなければ、だいじょうぶのはず。

音を立ててパネルに着地したとたん、パネルとともに何かの内側に落下するのがわかった。体が浮いた。あたしは腹部に力を入れた。二、三メートルの深さでありますように！

どんと、ローラーの足が地面を蹴っていた。あたしは横向きに放り出され、ころころ転がった。そして壁にぶつかってやっと止まった。

そのときにはもうひとり、同じ穴から落ちてきて転がり、近くの壁にぶつかって「ぐう」と声を上げた。

シジューだな、と、あたしは思った。

あたしは息を切らしていたが、動かずにじっとしていた。空気の臭《にお》いに毒性は感じられなかった。もっとも、無臭のプロパンだったらアウトだけど。そのときは頭痛か吐き気がまず起こるはずだ。

ごそごそとシジューが起き上がって動く気配がした。

「ピアリス、おい、ピアリス。ピアリス」

「なに、シジュー」

「おまえ、ケガしたか？」

「してない。シジューは？」

「血が出てる」

「どこ？」

「顔だ。どっかわからん。あ、前歯だ。ちくしょう」

そのとき、上の穴の入口付近に明るい光がさした。その光で、この穴が、上部がすぼまった円錐《えんすい》の筒状になってるのがわかった。

光は火だった。可燃物の布状のものが燃えながら落ちてきた。

あたしはびっくりして、手にふれる砂をすくって布にかけた。布からはトグロを巻くような毒性の強い黒煙が出ていた。上からまた火のついた布が落ちてきた。

異臭が、鼻とのどと、目を焼いた。涙が出てきて、あたしは壁ぎわに後ずさった。壁が音を立てた。あたしは壁に手をはわせた。ドアだ。動く。でも、開かない。

シジューが四つんばいになって走って移動してきた。そしてドアに体当たりした。少し下がって頭からつっこんだ。ドアはバンと表に開いた。

あたしは転がるように中に入りこんですぐドアを閉めた。ドアの取手はさびてグラグラしてたが、強くおさえこむとドアはぴったり閉じた。ドアからは十段ほど急な階段になっていて、シジューは階段の下に転がって、今や頭からも血を流していた。

壁ぎわに小さな発光パネルが灯《つ》いていたが、窓らしいものはどこにもない。さらに奥に小さいトンネルの入口がいくつかあった。

「ううう」

シジューはうなっていた。

「シジュー、あんた、だいじょうぶ？」

「ああ、うう、だいじょうぶ」

「誰かがあんたを殺そうとしたわけ？」

「このヤマを争ってたんだ」

「誰と」

「赤マスクの連中とだよ」

何か宝が出るかもしれないゴミの山の陣地を争って、いつもいろんなグループが誰かをやっつけ、しかえしをし、ケガ人や死人を出していた。

さびたドアが開かなければ、あたしもシジューも死んでいただろう。「9×7」では、子供の死はめずらしいことでなく、誰が犯人かもわからないだろう。

あたしはマントの下から時計を取り出した。六時十五分だった。陽が落ちてすぐだ。そろそろ帰らないと。

目がちくちくした。あのドアのすきまから、布を焼いた煙がしみこんできてるのだろう。どっかへ逃げないと。シジューの頭と顔は血だらけだった。あたしはこわかった。

もしここでシジューがばったり倒れて動けなくなったら、あたしはシジューのベルトのライトを持って、それからあたしの時計のアラームを目印のためつけっぱなしにして、ひとりで脱出して、助けを呼んでこなきゃならないなと思った。

だが、シジューの声は元気だった。

「水、持ってる？」

シジューは聞いた。

「持ってる。飲むの？」

「目を洗いたい。血がくっつくんだ。くれよ」

「上、向いて。洗うから」

あたしはタオルと一カップ分の水を出した。タオルを水でしめらせ、シジューの目のまわりをふいて、ゆっくりと水筒の水をシジューの目に注いだ。

「用意がいいな。おまえ」

シジューはタオルで顔の血をぐいぐいふきとった。

「さア、こっから出ようぜ」

「出られる？」

「どんな建物だって出口と入口がある」

シジューの回答と冷静さがあたしは気にいった。シジューはベルトのライトを灯けてトンネルの標示を読んだ。そのうちのひとつに入っていき、あたしも続いた。

いくつかの廊下をとおりぬけた。広そうだ。

「これ、工場か何かかな？」

「地下工場だな。オレたち、何か、荷物コンベアーの上を歩いてんだな。だとしたら、集荷場、エレベーターか階段、倉庫、壁、窓、天井、あるはずだからな」

シジューの方向感覚はよかった。シジューは時々、消えかけた標示をライトで照らして読んだ。

不安定な足場を上り下りしつつ、三十分かそこら歩くと、出口へ向かう階段の標示があった。あたしはほっとした。助かりそうだ。

出口へ向かうドアはさびていた。シジューは棒を探してきてドアノブを叩き壊した。細いパイプの階段が上へ向かっている。少しかしいでいたがきしむ音もしなかった。

四階段上ってまたドアをガンガン壊して開けた。さらに一階段上り、細い柱の間をムリに抜けると、あたしたちは時計塔の入口に立っていた。

時計を見ると、七時半だった。一時間以上、地下工場を歩いていたことになる。ばったり倒れたくなるぐらい空腹だった。それはたぶんシジューも同じだろう。

「よかった。じゃ、あたし家へ帰るね」

「同じ方向だから、送っていく」

あたしはびっくりした。

「どうして。あんた、ケガしてるのよ」

「だから、オレだってひとりで帰りたくないよ」

それはそうだった。よほど家の近くでない限り、「9×7」では子供はひとりで歩いたりしない。特に夜は、四、五人いても危険は危険なのだ。あたしたちはくっつくようにして用心しいしいローラーを走らせた。なるたけ人のいる通りの方向へ。

ママとダンテは、アパートの前であたしの帰りを待っていた。ダンテはあたしにとびついて喜んだ。ママは大きく大きく息をした。

あたしの頭をぐるぐるなでながら、

「ケガはしてない？　八時まで待って、帰ってこなかったら何とかしようと言っていたのよ。ゴミ捨て場ではぐれたってダンテが言うから」

ママも今、帰ってきたところらしい。何とかしようと言っても、ふつうは何もできない。自力で帰れないときは、誰かが運よく助けてくれるかもしれないことを祈るばかりだ。

ダンテはシジューを指さした。

「こいつがテゴメにしてやると言ったので、あたしたちは逃げたのよ」

シジューは何か言おうとしたが、がっくりとひざをおって肩から前のめりに倒れて動かなくなった。

何ということか、それから二週間、シジューはあたしの家にいた。

シジューはムチ打ちと脳震盪《のうしんとう》を起こしていて、こんこんとママのベッドで眠り続けた。

仕方がないのであたしのベッドを台所に持ってきて、あたしとママは一緒に寝た。

シジューがあまり眠るので、まだ秋なのに、もう冬季の眠りに入りこんだかと思ったほどだった。シジューは一日に二、三度起きてはママの用意した食事を少し食べ、部屋の隅に囲った簡易トイレを使い、また眠った。

ママはシジューのアパートへ行って、シジューがケガをして家にいると伝えた。シジューの母親は三人の小さな子を叱りながら、シジューが帰ってこなくてもちっともかまわないと言った。もちろんシジューは養子なのだ。「9×7」での子育てはとても大変なのだ。

ママは「9×7」の他にもたくさん世界があると言ったけど、あたしは緑の木のたくさんあったあたしの世界を覚えている。

あたしの国の名は、カルカーといった。

星の名は、アムルーといった。

あたしは、アムルー星の、北半球に住む、カルカーシュの河の流れる国に住む、カルカー人で、ソイマという美しい館に住んでいた。

そこにはユーロがいた。ユーロ・テアが。

双子の弟が。

思い出すのはやめよう。やめよう。一度思い出すときりがない。あたしは全部覚えているので、ほんとに、きりがないのだ。

あたしとユーロはノマの空港で別れわかれになった。五つのときだ。

ユーロと別れて、宇宙船に乗って、あたしはエトラジェンの星に来た。

アムルー人は、難民として、エトラジェンのあちこちの島に分けられた。

そしてあたしは今、「9×7」にいる。

「9×7」に来てすぐ、あたしにはトート・ママができた。トート・ママとパパには、あたしを含めて四人、子供がいた。

もちろん、全員、養子だ。

養子をひとり引き受けると、一年分の育児料がもらえた。毎年クリニックにつれてきて、生存が確認されると、次の一年分が支払われる。子供の数に応じてアパートも支給される。

あたしたちは、台所と、あと二部屋あるアパートに住んでいた。そこでの二年、あたしは毎日、恐ろしい気分で暮らしていた。トート・ママは情緒不安定だった。彼女は中流の家の出で、大切に育てられ、いいとこへ嫁《とつ》ぐための教育を受けていた人だった。

彼女は、貧しい暮らし、生活のためにいきなり四人の子の母親になる暮らしにたえられなかった。彼女は毎日、暴力をふるうか、子供たちをののしるか、泣き叫ぶかしていた。買い出しに行き、料理をつくり、子供たちに食べさせ、洗濯し、掃除をし、勉強させ、眠らせ、ヒステリーを起こしていた。

ママは二年目に家出して帰ってこなかった。

パパは少しは役立つ長女を残して、残りを養護院に返品した。

まさに、返品だった。

あたしは、ひとつ下の妹は嫌いだった。この子はトート・ママのヒステリーから自分を守るために、失敗をぜんぶあたしのせいにした。

「だって、ピアリスが言った。ピアリスがやった」

トート・ママは双方の言い分を聞く公平さがなかった。先に言った者の言い分を聞き、妹はお皿を割るとママのところへ行って「ピアリスが」と言い、床をふいてたあたしはママにいきなり蹴られた。さっぱり理由もわからず。

それでもこの妹が養護院で、パパ、ママと両親を恋しがって食事もせず泣くのを見るとかわいそうだった。

だが、一ヶ月後、妹を養女にしたいという若いパパとママが現われると、妹は泣きやんで嬉々《きき》として彼らについていった。

末の弟はまだオムツがとれていなかった。あたしは、この弟が好きだった。弟はあたしのことを「ピーピィ」と呼んだ。言語の発達や動作が遅いというので、弟に何か問題があると養護院では言っていた。二ヶ月目に弟はいなくなった。

「病院で治療してもらうために行ったのよ」

「いつ帰ってくる？」

「少ししたらね」

親切な保母さんはそう言ったが、別の保母さんはヒソヒソ声で話をしていた。

「子供の臓器って、いい値で売れるしね」

あたしはその養護院に一年と二ヶ月いた。

あたしは弟のことで泣き、ユーロの記憶で泣いた。

でも、昼間は小さい子にミルクを飲ませ、オムツを洗い、小さい子にはお話を話してきかせた。

お話は好きだった。

眠る前の十五分、あたしはいつもお話をした。

そんなものは要らないと言って、何度かはうるさい保母さんに止められた。話のない夜は、子供たちの寝入りがぐずぐずと悪かった。

やがて、クリニックから来た医師が、子供には眠りの前のお話が精神の安定をもたらし、心身の成長を促《うなが》すと言った。

それから、年長の子たちが交替で眠る前のお話をしてくれるようになった。

あたしは特に、十二歳の、シューラの話す物語が大好きだった。

「とても醜《みにく》い娘がいました」

と、シューラは話した。

「でも、いつも親切で、自分のものはすべて人にあげていました。でも、お父さんも、お母さんも、兄さんも、馬も、アヒルも、娘が醜いと言っていじめていました」

子供たちは熱心に聞きいった。

「年をとった汚い男が水を求めていました。人々は老人に石を投げました。娘だけが清らかな水をあげました。すると老人は、美しい神に変身しました。〝娘よ〟と、神は言いました。〝水をありがとう。ひとつだけ、願いごとをかなえてあげよう〟」

子供たちは声をそろえた。

「美しくして！　美しくして！」

シューラは続けた。

「娘は神に言いました。〝わたしは心が美しいのに醜く生まれて苦しみました。どうぞ世の中の、ものの見方の基準を変えてください。ひっくり返してください。醜いものは美しく見え、美しいものは醜く見えるように〟

神は娘の願いを聞きいれました」

子供たちは、ざわざわと、逆になってしまった世界はどんななのかと話しあった。

そういう話をするシューラはとても美しい少女だった。

養護院には子供を求めて、たえず人々が来た。子供がいれば育児料がもらえる。子供がいれば優先的にアパートに入れる。

あたしにも、いくつかご指名が来た。あたしはすべて断った。トート・ママで懲《こ》りごりしていたからだ。二度と大人の女のヒステリーにつき合いたくなかった。

ダムダム・ママが養護院に来たのは、あたしが八つと半年になった頃だった。ママはとても沈んでいた。

ママは三人の養子を六年間育てていた。でも、最近、三人とも失った。

十二歳の長男は家出をした。

六歳の次男は心臓病で死んだ。

六歳の長女はポリオで死んだ。

「あなたの育児に何か不手際があったのではありませんか？　三人もいっぺんに失うなんて」

院長のことばにダムダム・ママはうつむいていた。

「おっしゃるとおりです。でも〝9×7〟で、子供の病気に親がどれだけのことをしてやれるでしょう。長男のハローだって親思いのいい子でした。トラブルに巻きこまれ、私の身を気遣って、私を引き込みたくなくて、家出してしまったのです。おそらくお金が欲しくて、無理をして、失敗したんでしょう」

「でも育児に失敗したんでしょう？　なのに、また子供を？」

「ええ。私は誰かを育てていたいんです。成長を見守っていたいんです。そうしないと、孤独で。たえられなくて」

「ムリですね」

断られたダムダム・ママがしょんぼりと門に向かうのを、あたしはおっかけた。

「待って、ママ！　待って！」

ダムダム・ママはふり向いた。

「あたしを、おいてかないで、ママ、あたしを、つれてって」

あたしは、ダムダム・ママの太い腰に両手でしがみついた。

「あたしはピアリスよ。カルカーの、ピアリス。ママはアムルーの、北半球の、ウート島の、ヒギスの出身でしょ」

「どうして知ってるの」

「親戚《しんせき》だもの！」

実は、親戚というのはウソだった。でも院長は信じてくれて、あたしはぶじにダムダム・ママの養女になった。

ダムダム・ママは、あたしにたずねた。

「私のフルネームを知ってる？」

「ダム・ディア・ダムド・ダム・ダム・デ・サラパー」

「私の母の名は？」

「クシャ・ダム・ディア・カルト・キュア・クル・ディマ・マー」

あたしはやりすぎたかと思って口をつぐんだ。

「カルカーはウート島から四十五度も向こうよ。親戚なんていたかしら」

「親戚にしてはくれないの？」

ダムダム・ママは、あたしを追いつめなかった。ダムダム・ママは、ヒステリックなトート・ママとは同じ人間かと思うぐらいちがっていた。

「だまんなさい！　うるさい！」

これが、トート・ママの口ぐせだった。

ダムダム・ママは正反対だった。

「そう？　それで？　どうしたの？　なぜ？」

あたしはおしゃべりになった。ダムダム・ママにつられて、おしゃべりするようになった。

そして、たちまちボロが出た。

あるとき、ママは台所でしょんぼりしていた。あたしはママの膝の上ににじり寄った。

「ああ、家出したハローがね、ぶじかなァと思ったの」

「ハローはママが好きだったから家出したのよ。〝ごめんねママ、探さないで、運がよけりゃもどるから〟って言ったんでしょ、運がいいよう、お祈りしましょう」

ママはじーっとあたしを見た。

「どうして、わかるの？　ピアリス」

あたしは、へどもどした。

「ハローが残した手紙を見たの」

「汚れたガラスに指で書き残した手紙を、いつ……見たの？」

ママはとても静かな口調で言い、あたしは泣き出した。

「見てないの」

「でも、知ってるのね。どうして？　あんた、私の心を読むとかできるの？」

「怒らない？」

「怒らないよ」

「あたし、カコシなの」

「カコシ？」

あたしは、しゃくりあげながら、小さな声で言った。

「あたし、カルカーシュの、カルカーの、ソイマの、カコシなの」

「カコ？　カコシって、なんなの？」

「えーと、えーと、こ、こ、これまでに起こったことが、わかるの」

「過去、視、ってこと？」

ママはちょっと身動きした。あたしの背中をポンポン叩きながら、そして言った。

「カルカーシュは古い土地で、伝説が、あるのよ」

「伝説？」

「宇宙を統《す》べる過去と未来の生じるところ」

「え？　なに、それ？　ママにもわからない。ピアリス、人の過去が見えるの？」

「なんだか、見ようとして見えるわけじゃなくて、かってに来るの」

「大変だねえ。で、未来は？　未来も見えるの？」

「ううん、ミライはユーロが見るの。ユーロは、ミライシなの」

「——未来視、ってこと？　カルカーシュの？」

「うん。弟なの」

「ユーロは、どこなの？」

「ママ、あたし、わかんない。会いたいのに」

あたしが泣いてる間、ママは背中をポンポン叩いてくれた。そしてその間ずっと、ママの悲しみが伝わってきた。

あたしはユーロがあたしを見つけてくれるのを待っていればいい。
ただひとつこわいのは、もう二度とユーロに会えないかもしれないということだけだ。
願いに力があるのなら、あたしは一番にこのことを願おう。
いつか、ユーロに会えますように。
そして明日から、ハローを修理するのだ。

III

カルカーシュの予言者《ユーロ》

日一日と目にも綾《あや》な春の浅緑が野に広がっていった。シモン修道院の屋根に降る霧のような春の雨。ぼくはマントについたフードをかぶって、中庭をさ迷っていた。甘い若草の香のまじる春の雨に、マントもフードもぐっしょり濡れそぼった頃、ぼくは部屋に帰った。

帰るとすぐ、ベッドからセル教師が声をかけた。

「ユーロ、遅かったね。雨に濡れたろう」

「霧雨です。イチゴを探したんだけど、まだ青かった」

ぼくはマントを脱いでセルに近寄った。セルはぼくの手をとった。外にいたぼくより、セルの手の方が冷たい。冷たい、骨ばった、皺《しわ》だらけの手。

セルはぼくが十歳のとき、シモン修道院から出ていった。そして、ぼくが十二になった夏に帰ってきた。

彼はすっかり変わりはてていた……。あの明るかった髪は白っぽく、肌は乾いてカサカサとなり、細かい皺が顔中を刻んでいた。

修道院の北壁に、使われていない見張り小屋があった。院長はセルにそこに住むことを許可した。そしてぼくが彼の世話をすることになった。二年ぶりで彼に会ったとき、ぼくは声が出ないぐらい震えていた。

ぼくはほんとうに、セルを待っていた。セルにずっと会いたかった。

親友だったミカロは死んでしまったが、彼とラジオを聞いた丘によく行っては遠い地平を見わたして、誰か来ないか——人影が見えないか——もしかしてセルが——現れないかと待った。待ちくたびれるぐらい、待った。必ず、また会えるのはわかっていた。

そまつな見張り小屋に行って、そっとドアを開けた。修道院の黒い服を着た、痩せたセルがベッドに腰をかけていた。

セルはくちびるのはしを、ちょっと持ち上げて笑った。

「ユーロ、大きくなったね」

その声は年寄りの声だった。静かな声。

「私は変わったろう。病気なんだ」

じりじりと待ちこがれていた二年間の歳月が心の中で溶けていった。ぼくは何も言えず、セルを見つめていた。

「ユーロ、約束を……覚えている？」

セルが聞いた。

「覚えているよ」

ぼくは答えたが、悲しくなった。十歳のとき、ぼくはセル教師と結婚するという変わった約束をした。悲しくなったのは、セルがもう希望を持っていないからだった。彼は病気を得、

Main Characters

ユーロ

アムルー人。内乱のためムウーン星に移住。時々、未来のビジョンが見える。

ソルト

名前のない人たちばかりの名前のない館でユーロが出会った大きな犬。

セル

ムウーン星にあるシモン修道院でユーロと出会ったエトラジェン人の教師。

代わりに何かを手放していた。

「私はどうしてもきみに会いたくてもどってきたんだ。私はここで死ぬだろう。私はきみと結婚などできないだろう。私の野心は潰《つい》えた。きみは私との約束に縛られることはない。あれから何か、ビジョンを見たかい」

ビジョン、というのは予言のことだった。ぼくには予言の能力があると、セルは言っていた。

ビジョンは時々見ていたが、修道院の生活とはほとんど関係がないので、気にしていなかった。そう言うと、セルは言った。

「たぶん、私はきみに少し教えてあげられる。私は二年後に死ぬ。それまでにきみは死ぬ気で勉強しなさい。見たビジョンをどう現実に応用するかも教えてあげる。ちゃんとやるんだ。きみが少しは長く、あるいはうまく、生きのびるために」

ぼくは半分も聞いてなかった。

「あなたにやっと会えたのに、あなたはもう死ぬって言うんだね。なんで、じゃ、帰ってきたの。死ぬなら、ぼくの知らないとこで死んでよ」

そう言ったけど、本気で言ったんじゃない。

セルは苦しそうな目をした。

「ユーロ、きみには酷《こく》なことだ。すまない」

「ずっと、待ってたんだ」

セルはぼくの頭を彼の胸へ引き寄せた。ぼくは彼にしがみついた。涙があふれた。

「死んじゃだめ。ぼくが看病するよ」

「いや、ユーロ、時間がないんだ」

「セル、キスはしないの」

「私の病気は遺伝的なものだけど、体が弱っていくため、雑菌に弱くなってるんだよ。健康なきみの持ってる雑菌が、私には感染症を引きおこすかもしれない。だから、キスはしない」

ぼくはびっくりして身を引いた。

「ぼくはあなたにさわったけど、あなたは病気になるの、それで」

「それぐらいはいいんだ。だけど、きみが手を清潔にしておいてくれるともっといい」

セルはぼくの手をつかんでいた。ぼくも、セルの手を握りしめていた。その手を、セルは皺のういたほおに持っていってほおずりした。

「ユーロ、勉強をしておくれ。時間がないんだ」

それから二年間、ぼくは番小屋に住み、セルの世話係になった。ただ、ぼくの冬の眠りの間だけはべつの教師がセルの看病をした。

セルは疲れやすくなっていたが、自分で動くことはできた。セルは自分で調合した薬湯を最期まで飲み続けていた。その薬湯のために野原でぼくは草の実や根を探した。食事は修道院の台所に分けてもらうことができた。その他に勉強があった。

セルは図書館から、様々な本を持ってくるように言った。それは十二、三のぼくが読むのは難しすぎる研究書や歴史書だったが、セルはその本を読んで内容を説明し、ぼくが理解してるかどうか反復させ、質問し、ぼくにも質問させた。

それは、天文、化学、文化、航空学、などなどを引っくるめた、地球人の歴史、エトラジェン人の歴史、アムルー人（ぼくのことだ）の歴史、ムウーン（今いる惑星のことだ）の歴史などなどだった。

ぼくは頭が痛くなるほど勉強した。難しい単語を覚え、年代を覚え、数値を覚え、ノートをとった。ノートは一ヶ月に十冊は使ったと思う。

ぼくの理解が遅いとセルは苛立った。ぼくは自分が惨めで、セルがこわくて、ぐすぐすと泣いた。とうとうぼくは、何のためにこの膨大な宇宙史だか人類史だかを覚えなければいけないのか、セルに泣きながら聞いた。

セルは言った。

「この知識は今すぐきみの役には立たない。だが、私が死んだ後、おそらくきみは統一的な勉強をするチャンスに恵まれることはないだろう。ふつう五年間でやる勉強を二年でやろうというのだから、きみも苦しいだろう。

だがこの勉強は、きみがこの後、様々な出来事に出会ったとき、その出来事を判断する情報を提供してくれるはずだ。

きみには、エトラジェン人と地球人がどんなふうに宇宙史を発展させていったか、そんな細かい話はつまらないだろう。アムルーで起こっている戦争が、なぜエトラジェン人と地球人の代理戦争となってるのか、今はわからないだろう。だが、わかるときが来る。後で得た情報と、これまでに得ていた情報が、組み合わさって立体的に構成されてゆくのがわかる。

ましてや、きみは、未来視だ」

「ミライシ?」

ぼくは涙と鼻水をふいていた。

「きみが未来のビジョンを見るとき、それが現実に起こったとき、それは長い人類の歴史の何にあたるのか、どういう意味を持つのかが理解できる。そして、ビジョンには変えられるものと変えられないものがある」

セルはぼくを射るように見た。

「きみはビジョンを変えるかどうか、考える。そして選択し、決定する。

なぜ?　なんのために?　決定の理由は?

その理由の基本となるのが、今やってる勉強だよ」

ぼくはその後、もうセルの前で泣かなかった。

それは、〝そうか、では、将来の選択のためにがんばろう〟と思ったからではなく、ぼくが泣こうが頭痛がしようが、ぼくに勉強させたい確たる理由がセルにある以上、泣いてもムダだと思ったのだった。

選択するときが来るかどうかなぞ、はるかな霧の彼方《かなた》に未来はあった。


そうして二年、日毎《ひごと》に痩せていくセルと一緒にぼくは番小屋で暮らした。今ではセルの言う、遺伝子の病気が何かもわかる。まだ三十にもなってないセルは、皮膚も肉も骨も急速に老化している。彼がエトラジェンの病院で受けようとした、遺伝子治療の話も聞いた。

彼はその治療を受けられなかった。これはよくわからなかったが、エトラジェンでは、治療を受けるためには資格がいるのだ。

レベル5という資格で、セルは自分は7から6になるのがやっとだったと言う。

ぼくたちが今いるのはムウーンという惑星で、地球人とエトラジェン人が分割して管理している。ここにはレベルはない。

ムウーンの九割以上の大地は手つかずのままで、青い野人——ムウーン人がどれほど住んでるのか、見当もつかないらしい。

ここに農業や牧畜をやるため入植してきた地球人やエトラジェン人は、最初の何十年かはムウーン人を仲間に入れたり手伝わせたりしていたが、やがて潮が引くようにムウーン人の姿を見ることはなくなってしまった。

これを、エトラジェン人は、

「ムウーン人は距離を保《たも》っている」

と言い、地球人は、

「我々はムウーン人に嫌われた」

と言っている。

「ユーロ」

セルはこの頃はすっかり弱ってしまっていた。夏まで保《も》たないかもしれなかった。ぼくが雨の中庭にいたのは、久しぶりにビジョンを見て混乱したからだった。

それは、ぼくも、セルも、調度品も、何もない番小屋の荒れた様《さま》だった。

二間しかないこの小屋の台所の部分はかなり広く、ぼくとセルはそこで様々な薬草を育てていた。葉は青々と香っている。

だが、さっき見たビジョンでは、植木鉢はすべて枯れ、あるものは床に転がり、バケツやカーテンは持ち去られていた。それは近いビジョンだった。

考えてみれば、セルが帰ってきてからの日々は、再びセルが去る日を待つという日々だった。ぼくは台所で青パセリを刻んで、セルのためにスープをこしらえた。

「いや、今日はあまり食欲がないんだ」

と、セルは言った。

「セル、昨夜もそう言って食べなかったね。何なら食べられそうなの、言ってよ」

「雨があがったら食べられるよ。気圧が低いので胸がむかつくんだ。水を飲むよ」

ぼくはセルの細い手首をとって脈を数えた。数えながら、覚悟をしなければと自分に言いきかせた。

「ラジオを聞く？　セル」

小さなポータブルのラジオがあった。セルは首をふった。

「時間がない。お聞き。勉強の続きだ」

「いいよ」

「私が死んでも、勉強は続けなさい。ラジオは毎日聞きなさい。新聞が手に入ったら読みなさい。それらを伝えてるのは人間だ。その中から事実を読みとりなさい」

遺言のようだ、と、ぼくは思いつつ聞いていた。

「私が死んだら次の者が来る。きみは見つかって、つれていかれる。その者はきみを利用する。私がそうしたかったようにね」

「セルはぼくを利用したかったの」

「予言者は高く売れるんだよ。エトラジェン人の多くは予言者を欲しがっている。最高レベルの者にきみと私が売れたら、私は病気の治療が受けられた。しかし、きみはまだ予言者としては半人前以下だし、私はこうだ」

「セル、ぼくはどこにも行くつもりはないよ」

「ユーロ。アムルー人の、カルカーシュの伝説の予言者を、エトラジェンのあるグループが血まなこで探し続けているのを、きみは知らないのだよ」

「カルカーシュって、なに?」

「きみは昔の記憶がない、ユーロ。カルカーシュは古い小さな土地で、ソイマという古い宮殿がある。予言者の住む宮殿だ。そこには若い予言者がいたが、内戦の混乱の中、殺された。ただ、別のうわさでは、殺されたのは予言者の代理の〝忌《い》みもの〟という者で、本物は幼い子供だというのだ。

ソイマが焼かれ、カルカーシュが滅びた後、多くの難民がノマの空港から旅立った。その難民の記録をかたっぱしから調べて、五年がかりで私はきみを探しだしたんだ。エトラジェンを調べ、ムウーンを調べた。シモン修道院に近づいたとき、ここにいるとわかったよ」

それでセルがやってきたわけがわかった。もうひとつわかった。ぼくが妹のピアリスと別れたのは、ノマの空港だったのか。妹はどうしたんだろう。ピアリスは予言者じゃないのだろうか。

「セル、どうしてもっと早くその話をしなかったの？　ぼくが予言者で、最高レベルの者に売れるなら、早く売って、そうすればセルは延命の治療とかしてもらえただろう」

セルはそれには答えなかった。

「今は私がきみを隠している。私がきみの存在の気配を断っている。だが、きみの力は育っている。私が死んだら、強い予言能力のある者なら気づくだろう。誰かがいると。ユーロ、きみのことだよ」

「気配を断つ勉強はできるの」

「ビジョンを自在に操ることができるぐらいになればね。今は無理だ」

「セルが死んだら、誰が来るの」

セルは目を閉じた。

「わからない」

「ぼくはどこにも行かないよ」

セルは答えなかった。荒れた番小屋のビジョン。セルも、あれを見たのだろうか。

六月。朝の風が吹きぬけた。目覚めると、セルは目を閉じたまま、冷たくなっていた。

ぼくは屈《かが》みこんでセルの冷たいくちびるにキスした。手を握ってみたが、それは板切れのようだった。覚悟をしてたつもりだったが、悲しみがあふれてきた。春の霧雨のようにそれはしとしとと、ぼくの髪も指も体も濡らした。

またひとりぼっちになった、と、ぼくは思った。


前にミカロの死をぼくは予言した。セルは自分で自分の死を予言した。死が訪れると心の一部に空白が生まれた。愛する人の不在にどうやって慣れることができるのか。ぼくは院長のはからいで、それからも番小屋に住んで、セルが教え残した勉強を続けた。

ぼくは時々立ち上がって机や壁を手で打った。そして叫んだ。

「セル！　なぜだ！」

北側の墓地に行き、セルが埋められた石の前に立った。ぼくはそこに小さな青リンゴの苗木を植えた。その石を蹴り、苗木を踏み潰したかった。この怒りはなんだろう。セルの不在という空白の中に、なぜ怒りが芽ばえるのか。

そして、誰も来なかった。セルが言ってた誰も。誰か来たら、ぼくはそいつをぼくの空白に埋めこむ。そして愛する。憎むかもしれない。

何のビジョンもなかった。


セルが死んで一ヶ月後の夕方。それはやって来た。突然だった。院長と副院長が三人の男を番小屋に案内してきた。

「ユーロ、心配しないでいい。きみはこれからこちらの方たちと一緒に行くのだ」

院長は脂汗を流しながら震える両手をもみ合わせていた。

「どなたですか」

「エトラジェンの第三都市、トリューフから、いらした方々だ。きみはお召しをうけたのだ」

黒い服のくたびれた院長と並んだ三人の男は、直線的なシルエットの真っ白なスーツを着ていた。この高価そうな服を、彼らは自分のクレジットから支払うのだろうか。

不安にかられて、ぼくは聞いた。

「どなたのお召しで、どこへ、何日ぐらい行くんですか」

「きみには仕事があたえられるはずだよ」

「なんの仕事でしょうか」

白いスーツのひとりが重々しく口を開いた。

「ユーロ・テア。きみはアムルー人の難民だね。トリューフ市の市立図書館第二十分室の館長が、このムウーンにアムルー民族学のクラスをつくるために、アムルー人の生徒を探している。きみは面接とテストを受け、適性とされればそのクラスに入る。テストは明後日。では、行こう」

「今から行くんですか。考える時間はないんでしょうか」

院長はおろおろと言った。

「ユーロ！　これはクジの一等に当たったような幸運なんだよ！　以前私はセルコンの町長に、きみがこの二年どんなに勉強してるか話したことがある。どうもそこから伝わったらしい。テストを受けるだけでも名誉なことなのだよ」

「ユーロ・テア。テストのためにあなたに支払われるクレジットの四割はシモン修道院の収益になるので、これは修道院への恩がえしにもなる」

「なぜ、ぼくにお金が支払われるんでしょう」

院長は言った。

「多くのアムルー人は貧しいし、家族から離れたり仕事をやめたりして、面接に来るんだ。その保障だよ」

「我々はアムルー人の頭数をそろえるように言われている。しかも、頭のいいのを。身売りの代金と思えばいい」

反射メガネをかけている三人の白い服の目は見えなかった。鼻すじは真っすぐで、えらの骨は張り、冷たい印象があった。ぼくは一分ほど下を向いていたが、うなずいた。

「したくをします」

「急いでるんだ。五分で用意を」

院長が言った。

「ユーロ、がんばるんだよ。荷物はこちらから送ってあげてもいいよ、ホテルか、新しい家に」

この白い服はさも良さそうなテストの説明をしたが、その中には、ぼくや院長にわざと話してない不都合な話がいっぱいあるのだろう。ぼくが行くのを決めたのは、〝身売りの代金〟という、シビアなせりふのせいだった。

セルは誰かが来ると言った。なんだかこの唐突さが気になるけど、セルが教えてくれた勉強を忘れないよう、ともかく足を踏み出してみよう。

予言者は高く売れるとセルは言っていた。

いずれぼくも自分の能力を高く売って仕事をすることになる。

シモン修道院。セルと二年間暮らした小屋の植木はこれから、枯れるのだ。ぼくはノートを五冊と、小さな袋を用意した。


ぼんやりと目覚めた。

淡い灯が部屋を照らしていた。どうしたんだろう……。ぼくはベッドの上に起き上がった。修道院を出て……車に乗った。黒い車。中は広く、白い服の男たちはポットからコーヒーをついだ。そのコーヒーをぼくにすすめながら、

「二時間か三時間走って、ヘリポートのある小さな町へ着く。ヘリコプターに乗って三時間で、トロに着く。トロのホテルで一晩休んで、フィフの市立図書館へ行く」

と、予定を説明してくれた。彼らはいかにも形式的にぼくの年齢や履歴を聞いた。答えているうちに眠くなって……眠りこんだらしい。

そんなことを思い出しつつベッドの上に座っていた。目の焦点が合わず、舌が乾いていて気分が悪かった。それに、さっきから聞こえる、谷川の強い流れのような、近づいたり遠ざかったりする音は何だろう。

ぼくは起き上がって窓のカーテンを引いた。

曇り空の下に……湖が広がっていた。湖じゃなく、海かもしれなかった。海は見たことがなかった。

部屋を見まわして、時計を探した。目がだんだんはっきりしてくると、白っぽいこの部屋が、かなり上等な部屋らしいとわかってきた。

時計はテーブルの上にあった。ベッドもサイドテーブルも白地に水色と金の直線のあるデザインのもので、時計はそれが曲線をつかってアラベスク風にデザインされたものだった。これはセルに建築とデザインの歴史で教わったもので、四百年前のクラシック・エレガンスの代表的なものだ。もちろん、コピーだろうけど。

その時計の金の針は十一時を指していた。サイドテーブルに置かれていたガラスのコップのふたをとって、水を飲んだ。舌先に昨夜のコーヒーの味が残っていた。

そのとき、部屋のドアが音もなく開いた。

すべるように痩せた女の人が入ってきた。開けられたドアは下を向いた別の女の人がふたり、おさえている。

「お目覚めですか。お風呂の用意ができています。お湯を使って、お着がえになって、お食事をなさってください」

「……おはようございます」

ぼくは、もごもごと言った。

「昨夜の、白い服の者たちはどこですか」

「白い服？」

「図書館の……人だと思うのですけど」

ドアを支えていた人が、痩せた女の人に耳打ちをした。女の人はうなずいた。

「彼らは役目を終えましたので帰りました。これから私がお世話いたします」

「ここは、トロのホテルですか。ぼく、明日、フィフで図書館のテストを受けるため来たのですが」

「そうですか」

女の人は関心がない、という顔をした。

「私はお世話するようにとだけ聞いております。他のことは他の者にお聞きください」

「他の者って、誰ですか」

「その者は四時にこちらにまいります」


ぼくは修道院の服を着たまま寝ていた。それを脱いで、浴用だという薄い布を着るよう言われ、使いの女の人について、寝室と同じくらい広い浴室に行った。

ぼくは、この浴室の造りは何かのまちがいじゃないかと思ったが、これもセルが見せてくれた浴場の歴史を思い出したおかげであせらずにすんだ。人造池だと思えばいいのだ。浴室にはまた別の老女がいて、ぼくの着ていた肌着の上から油状のものをぬりながら、肌が真っ赤になるぐらい擦りあげた。

その乱暴なこと。老女はぼくの足の間にもスポンジを持った手をつっこんだ。ぼくは腰を引いて、うろたえて言った。

「ぼく、自分でやります」

老女は平静な声で言った。

「役目ですから」

浴室には五つの風呂があって、順番に入っては体を洗う。一時間近いコースを終えた頃、ぼくは空腹と疲労で目眩《めまい》を起こしていた。

パンとスープ、チーズの食事が出た。クリームと一緒に赤いフルーツも出された。食事が終わると風呂の疲れで眠くなった。

「おひるねをなさってください」

世話係の人が寝室へ案内した。海に面した窓はひろびろと開けられ、透きとおった厚い布が風を通してゆっくりとゆれている。

ぼくは眠った。目覚めると、三時だった。

窓に近寄ると、窓の向こうは広いベランダになって、海辺への階段がゆるいカーブを描いて降りていた。

ドアが音もなく開き、女の人が来た。

「こちらの服に着がえて使いの者にお会いください」

「ぼくの黒い服はどこでしょう」

「洗濯中です」

ぼくは衝立《ついたて》の陰ですっかり新しいやわらかい服に着がえた。デザインは修道院の服と同じ、前ボタンのワンピースだったが、ズボンの丈は短く、ひざ上までしかない。

「ぼくはユーロっていうんですけど、あなたの名前を聞いちゃいけませんか」

案内されて階段を降りつつぼくは女の人に聞いた。女の人は言った。

「私の名は〝お世話係〟でございます」

重いカーテンと、ドアが開けられた。ぼくがほっとしたのは、その中にふたりの白い服の男がいたことだ。でも……白い服のデザインが、少しちがった。昨夜と同じ人じゃないらしい。

部屋の中央にあるどっしりした椅子《いす》のひとつに老人が座っていた。彼は立ってぼくに近づいてきた。

「シモン修道院のユーロか？」

「はい。あなたは？」

「私は、補佐だ」

「なんの補佐係ですか？」

ぼくの質問は無視された。

「私は明日、ここにひとりの方をつれてくる。よく体を清めて、待っておくように」

「ぼくは図書館のテストを受けるのですが。あの、ぼくのノートはどこでしょうか」

入口近くに立った白い服が言った。

「きみはそのテストは受けない。きみには別の役割が与えられた。きみはこの島から出てはならない」

「じゃあ、テストなんて、ウソなんですね」

「テストは行われる。きみが行かないだけだ」

「ぼくを、騙してつれだしたんですか」

「そうだ」

この正直さにぼくはあっけにとられた。

「でも、なんで」

「騒ぎを起こさないためだ。攫うこともできたが修道院がセルコンの町に行方不明だと届けを出しても困る。きみは表向きにはテストに合格してアムルーの星に帰ることになっていて、修道院長もそういうきみの手紙を受けとって安心するはずだ」

「なんのためにですか」

ぼくは混乱してひとりずつの顔を見すえた。

補佐係の老人は言った。

「それは今にわかる」

「ぼくはスパイか何かになるんですか？」

これもセルから習ったことだ。

「もっと重要な役割だ」

その夜、エレガントな部屋で、ぐったり疲れて、だけど眠れないまま、ぼくは朝まで過ごした。夏の季節に目覚めているアムルー人のぼくが、半日以上も眠りこむなんて変だった。

白い服は、コーヒーに薬を入れて、ぼくを攫ったのだ。

この、どこかわからない場所。名前のない島。名前のない人たちのぜいたくな場所に。

ぼくは半人前の予言者だ。だが、セルは言ってた。誰かがぼくを見つけると。ぼくは予言者だから、攫われたんだろうか。ぼくを見つけたのも、セルのような予言者なんだろうか。〝重要な役割〟って、ぼくは何かビジョンを見るように言われるんだろうか。ぼくはもう売られてこの場所にいるんだろうか。

この館の持主は金持ちだ。館はどこまで広いのか見当もつかない。〝お世話係〟がたえず見張るようにぼくについている。

ぼくはベッドの上にひざを立てて、両腕で足を抱きしめた。涙が出てきた。情けなさなのか、口惜しさなのか。ぼくは口車に乗って、簡単に騙されて、ここへ来たのだ。

〝身売りの代金と思えばいい〟

昨日、白い服はそう言った。ぼくはまぬけで、自分で自分を売ったのだ。ぼくは、ここにはいたくない。名前のない場所に、いたくない。ここで働きたくないと言ったら、ぼくは、ここに来るまでの乗物代、この部屋代、立派な風呂代、食事代、きっと恐ろしい値段を払わなけりゃならないだろう。でも、絶対に、絶対に、ここは、いやだ。

「昨夜はよく眠れましたか？」

お世話係はぼくのカップにお茶をつぎながら言った。

「ぼくはアムルー人だから夏は眠らなくても平気なんです」

「そういう話は聞いたことがございます」

「ぼく、ここから出たいんですけど、そういう話、誰に話せばいいでしょうか」

お世話係があきれるかと思ったが、彼女は平然としていた。

「ご相談なら、補佐になさればよろしいでしょう。今日は、二時にまいります」

「島へは、何で来るんですか」

「船かヘリコプターです」

「ここは、誰かのお屋敷ですか」

「ご主人の館です」

「ご主人って、誰ですか」

お世話係はぱりっとした頭巾《ずきん》をかぶっていた。やはり名前は出てこなかった。

「ご主人は、ご主人です」


二時までに、ぼくは老女に導かれて再び風呂のコースをすませた。汗が引くと、昨夜より一目で豪華とわかる服が出された。下着をつける代わりに、老女は一枚の布を器用にぼくの腰に巻きつけた。服の上にはたっぷりしたリボンが結ばれた。

それから、かなり消音したブーンというヘリの音が聞こえた。お世話係はぼくを再び案内した。

かなり遠い部屋だった。一室の大きな扉が開くと、白い服の他に、グレーに金のふちどりの服を着た者たちが四名いた。

お世話係がいなくなると、グレーの男たちはぼくを別室に引っぱっていった。

別室には壁一面、様々なタピストリーが飾られていた。中央に天蓋《てんがい》つきの大きなベッドがおかれ、ベッドの上には光沢のある赤いシーツが広げられていた。

グレーの男たちはぼくの両手首にそれぞれ革紐《かわひも》を巻きつけた。驚いて身を引くと、彼らはぼくを持ち上げてあおむけにベッドに寝かせ、両手の紐をベッドにぴんと張らせて縛りつけた。

「何をするんだ！」

ぼくがあたふたしてる間に両足も紐で縛られた。ぼくがベッドの上で身動きできないのを確かめて、四人の男は出ていった。

「放して！　誰か来て！　誰か！」

ぼくは手足を必死で引っぱったが、革紐が皮膚にくいこむばかりだ。不安で、どっと体中に冷たい汗が出てきた。

「誰か来て！　お世話係！」

四肢をふんばって叫んだが、急にぐったりと力がぬけた。ぼくはここでは救いを求めて呼ぶ誰の名前も知らない。誰もぼくを助けてはくれない。ぼくはセルに習った拷問の歴史を思い出して一瞬気が遠くなった。

ぼくは殺されるんだろうか？　このまま？　殺されるとしたら、ぼくはどんなふうに殺されるんだろう。でも、なぜ殺されるんだ？　そうだ、理由だ。殺されるんなら理由を知りたい。

ドアが開いた。補佐だった。その後から杖《つえ》をついて、人に支えられて、老人が入ってきた。さらに後に青い服の男がふたり、車つきの机を引いて入ってきた。

老人は金糸張りの椅子に座った。青い服の男は老人の腕を取り出した。その腕に注射をした。

「さきほどのお薬と、おおよそこれでよろしくお思いを果たされることでございましょう」

注射をした男は医師らしかった。

「補佐！　これは何事なの？」

ぼくは必死で補佐の方に首を向けた。だが補佐は杖の老人の顔をじっと見ていた。

老人は息をついてぼくの方に目を向けた。

老人の顔は化粧がなされていたが、白粉《おしろい》の下にあるたくさんのシミが見えていた。

「これがカルカーシュの予言者か」

老人は言った。そのとたん、セルのことばが思い出された。

〝ユーロ。アムルー人の、カルカーシュの伝説の予言者を、エトラジェンのあるグループが血まなこで探し続けているのを、きみは知らない〟

ぼくはぞっとした。

「ぼくは、ぼくは、カルカーシュの予言者かどうか、知りません。ぼくはアムルー人の難民で、昔のことは覚えてないんです。ぼくはシモン修道院から来たんです」

ぼくは半泣きになっていた。化粧した老人は言った。

「三流予言者の若造がおまえを隠しておったのだ。やっと見つけた」

「御君《おんきみ》」

補佐がそっと言った。

「やっと見つけた」

三流予言者とは、セルのことだ。

「あなたは誰、予言者なの」

補佐がじろっとぼくを睨んだ。

「どうしてこんな目にあわせるんだ。殺すの？　なぜ？　ぼくは何も悪いことはしてない」

補佐が言った。

「殺しはしない。おまえの力は役に立つ。御君はその力をよりよくお使いになる。ありがたくその身のすべてをおまかせするがよい」

青い服の医師がぼくに近づいてきた。彼はぼくの腕に注射針をさしこんだ。

恐怖のあまり頭が真っ白になった。手先から、足先から、急に力がぬけていった。

「いや！　いや！　いやだ！」

「い・い・や、い・や」

舌もあごも急に重くなった。医師は服の下に手を入れて一枚布だったぼくの下着を巻きとった。医師はぼくの足の間に何かをぬりこんでいた。

医師がぼくからはなれると、〝御君〟の老人が立ち上がった。補佐がそのローブを受けとった。お付きの者がご主人に手をかして、彼はベッドの上にはい上った。彼はそのままはうようにぼくの体の上にかぶさってきた。

化粧をした彼の顔は赤いまだらになっていた。修道院の庭で時々見かけた家トカゲのような顔に見えた。

ぼくは何か言おうとしたが、舌がこわばって声が出なかった。両方の耳に心臓でもできたように耳がドクンドクン鳴っていた。

赤いまだらトカゲがぼくを犯している間も、ぼくは声が出なかった。息をするのがやっとで、のどが細い笛のように鳴った。感覚はどこか遠くにいってて、背骨と胃が痛いと思ったが、錯覚かもしれない。

トカゲは赤い舌をチロチロ出しながらぼくからはなれた。彼の汗が白い化粧を流していた。

「こちらへ。よくお果たしになりました」

補佐の声がした。

医師がベッドのカーテンを開けて、もういちどぼくのそばに来た。医師はぼくの足の付け根に注射をした。

ぼくは注射のせいでなかなか開かないまぶたを開いて、医師の手もとを見た。机の上には、ハサミやメスなどの手術用具が並べられていた。

「ヤ・メ・テ」

ぼくは言ったと思うのだが、声はとどいただろうか。冷たいメスの感触を感じたと思ったがちがったのだろうか。ちくりとした痛みをぼくの肉が受けたと思ったが、そうだったのだろうか。

ぼくは気を失った。そして、ぼくは去勢された。

はじめ、ぼくの部屋に届けられたのは黄色い小鳥のつがいだった。

ぼくは一週間たってもそれに関心を示さなかった。それで、小鳥はどこかに退けられた。

次には、ベランダに小さなウサギ小屋がつくられた。これも五日で下げられた。

次には真っ白い毛の長い猫が届けられた。これは一日でつれ去られた。

アムルー人が夏の季節に眠りこむなんて、ありえないことだった。でも、ぼくは眠った。医師が毎日、ぼくの部屋に来てぼくの手当てをした。お世話係はぼくのお世話をした。ぼくは誰とも口をきかなかった。

十日目に、軽く風呂に入るよう言われた。風呂場の老女は香湯にぼくを入れた。

さらに七日目に、ぼくは再びあの部屋につれていかれた。そして同じベッドで、同じ赤いトカゲに喰《く》われた。

それから三日、目も開けられないほどの高熱が出た。

うとうととした耳に、開け放したドアから医師とお世話係のヒソヒソ話が聞こえてきた。

「……だからまだ無理だと申し上げましたのに……」

「私もそう申し上げたのですが、なにせ時間がないとおおせられて」

「葬儀屋を呼んであの少年の葬儀の準備をしておいたほうがいいのでしょうかしら」

「死にはしませんよ」

「でも、目はうつろで、口もききませんのよ」

「狂ったのかもしれませんが、死にはしません」

窓から聞こえる波音のように、意識は近づいたり遠ざかったりした。

〝狂うもんか〟

ぼくは歯ぎしりしながらシーツに爪を立てた。

〝狂うもんか。狂うもんか。狂うもんか〟

彼らはぼくが狂ってもかまわないのだ。ぼくが死なず、ぼくの体をトカゲが喰っていられるなら、精神がどんなでもかまわないのだ。

だが、いったいなぜ、ぼくはこんな目にあうんだろう。トカゲがぼくを喰らうことに、何の意味があるんだろう。

ぼくはセルを思い出していた。セルも、病気でなかったら、ぼくを去勢したりしたんだろうか。それはセルが教えてくれた勉強になかった。まだ何か、ぼくの知らないことがあるのだ。

熱が引くと、ぼくはお世話係に、本が読みたいと伝えた。お世話係は、館の北側にある天窓のある広い図書室にぼくを案内した。

そこで半日をすごしてドアの外に出ると、黒い大きな犬が座って待っていた。

変な犬だった。体にはまるで毛がなく、頭のてっぺんにだけ毛が残っていた。

その犬はぼくとお世話係についてきた。

「これは、誰の犬？」

「これは医師が人工交配に失敗してできました珍種でございます。気に入られましたか」

「どうして、失敗なの」

「この兄弟は頭から背骨にそって一連の毛がタテガミのように生えましたが、これだけ頭しか生えませんで、それでどちらにもおわたしできず、あとは動物実験に使うしかなく飼われておりましたものを、こちらにつれてまいりました」

「鳥とかウサギとかよこしたね」

「気を紛らすものが必要でございましょう」

「名前は何というの」

「十五番目に生まれましたので十五号と呼んでるようです」

「大きいね」

「まだ生後半年でございます」

ぼくの部屋の前で、犬とお世話係は立ち止まった。

「おいやであればつれてゆきます」

「そしたら、何かの実験に使うの？」

「お客様がお考えになることはございません」

犬はうるんだ黒い目をしていた。草が頭に生えたような変わった毛を見てると、犬もぼくの目を見返した。

「おいで」

と、ぼくは犬を呼んだ。お世話係はホッと肩の力をぬいた。こいつは、大きな犬になるな。

「ぼくはこいつに名前をつけるよ」

「けっこうでございます」

「ソルトにする。あなたも、そう呼んでね」

「よろしゅうございます」

ぼくはやっとこの館で、名前を持つものを手に入れた。ぼくは犬と部屋に入った。犬は部屋の隅から隅までクンクンと臭いを嗅いで歩きまわった。ぼくのそばに来て、ぼくの臭いを嗅いだ。ぼくは言った。

「ぼくは、ユーロ。おまえはソルト」

ぼくは犬にぼくの手の臭いを嗅がせた。

「ソルトはアムルー語で、立派で巨大なものを表わすことばだよ。偉大なもの。おまえは、黒い、大きな、偉大なものだ。その頭のユニークなデザインは、ぼく、好きだよ」

犬は急に鼻をぼくの手に押しつけた。頭をぼくの腹に押しつけた。前足を、まるでぼくにすがりつくかのように持ち上げた。その勢いと重さにぼくはよろけた。尻もちをついて後に倒れこむと、黒い犬はキュウキュウ鳴きながらぼくの顔中を暖かい舌でなめまわした。

ぼくはあわてて、両手で何度も犬の顔を押しもどそうとしたが、ソルトはぼくの体の上でダンスでもするみたいに興奮して跳ねた。とうとうぼくは笑い出してソルトの首を無理やり両腕でおさえこんだ。

そのとたん、体の真ん中から、熱い思いが沸き上がってまぶたがかっとほてった。ぼくは体中を震わせて、黒い生きものの体に顔をうずめて、わっと泣き出した。

ソルトはぼくの耳をなめ、髪を鼻でくすぐった。その日から、ぼくはソルトの首に顔を押しつけて、一緒のベッドで眠った。

トカゲが来ないまま、三週間が過ぎた。ぼくはソルトと小さな島を一周した。二時間もすればひとまわりできる。島の風景も庭園として隅から隅まで手をかけられたものだった。海の孤島。どこを見ても島影も陸もない。

ぼんやりと浜辺で海を見てると、あたふたとドア係がお世話係のところへ走り寄ってきた。お世話係はいつもぼくの近くにいるのだ。お世話係は急に、館に帰るようぼくに告げた。すぐに風呂係の老女が呼ばれた。それでは、また、トカゲが来るのだ。

来たのはトカゲではなかった。

肌がてかてか光る、太った男だった。

ぼくは、二度目にトカゲが来たとき、ベッドに縛られはしなかった。だけど注射はされ身動きできなかったから、同じことだ。

天蓋つきのベッドの赤いシーツの上で、医師はぼくにいつもの注射をした。

それから、太った男が部屋に入ってきた。

もう、ぼくの舌は重たくなっていたが、聞いてみた。

「これは、誰」

医師が答えた。

「ご主人様です」

ぼくは、違うと、首をふった。

「カルカーシュの予言者か」

太った男はお付きの者に顔の汗をふかせた。お付きの者はその後、金色の箱を取り出して、太った男に化粧を始めた。

「なにせ急だったので顔も整えずに来てしまったのだよ、あれこれもったいつけてる間にホレ、えものを逃がしたら元も子もないし」

「この者は、逃げることなどございません」

医師が言ったが、太った男は無視して続けた。

「しかし〝御君〟も結局間に合わなかったということだろうね、だいたいあのお齢でまだ神託にすがるところがいじましいよね、カルカーシュの予言者を手に入れて、再び力を我が手にとあがいたってわけだね、だいたいあの方の神託なんてね、この二十年ろくなものはなかったんだから、天に見放されていたのだよ、おっと」

くちびるに赤い紅《べに》がぬられたあと、太った男はベッドにはい上ってきた。医師が言った。

「お注射をいたしましょうか」

「うん、そうね、早くすむなら」

男の顔に叩《はた》かれた白粉は汗でたちまち浮きだした。

「この子、いくつ、なかなか可愛い顔してるじゃない」

「証明カードでは十四歳となっておりますが、確かな年齢ではございません」

手足は動かないのに、男の汗と息の臭いは強く感じられた。やがて男は息を切らしながらベッドから降りた。

「カルカーシュの予言者ってそんなに皆が言うほどすごいものかね、これだってただの子供だし、どっかのレベル9あたりからひとり、攫ってきてこれでございって言えばすむんじゃないの」

医師が言った。

「私には予言者のことはわかりかねましてございます。やはり、ご神託をお受けあそばす上《かみ》の方がただけがお気づきのことでございましょうから」

「ああ、そう、そうだね」

太った男はヒッ、ヒッと笑った。

「まあ、私の力にくらべればまだまだということで、まあ、くらべようがないってことだね」

男が帰って部屋にもどされ、ソルトがぼくに近寄ろうとしても、ぼくはぐったりと白いベッドにうつぶせて動かなかった。

医師が注射をしてくれて、ぼくの体は痺《しび》れていて、ほとんど何も感じていないはずだった。なのにこの、体の中心からぐるぐるとトグロを巻くように沸き上がってくる苦痛、名づけようのない苦痛、これは何だろう。

憎しみ、ということばでは足りない苦痛、絶望でもない、怒りでもない、喪失でもない、それは狂気に最も近い。

ぼくは狂う。狂うかもしれない。今日か明日。何か考えよう。何か。

ピアリス。

妹。双子の妹のこと。

ピアリスがぼくのような目にあってませんように。決して決して、ぼくのような目にあってませんように。

黒い巻き毛のあの子が、いつも明るい瞳をしていられますように。

そう考えていると——やっと、涙がわいてきた。苦痛で麻痺《まひ》していた、毒のまわっていた体に、やっと何かが流れだしたのだ。

ぼくは声を出さずに涙が流れるにまかせた。

ソルトは静かにベッドのすそで舌を引っこめて伏せていた。

その三週間後。海がふしぎな深い青さに染まるようになった頃。

ぼくはまた、念入りに体を洗うために風呂場にいた。

ところが、その日は何か以前とは違っていた。不安や恐怖が一切なかった。

〝あの太った男は来ないのだ〟

と、ぼくは感じた。でも、誰が来るのか？

やがて、身支度を終えたぼくをお世話係がつれにきた。

「今日の人は船で来たんだね？」

お世話係はちらっとぼくを見た。

「そうです。確かにヘリコプターの音はしませんでした」

いつもの寝室ではなく、いくつかの中庭を抜け廊下を抜けて、とうとう、小さな噴水が何十と中庭に列をなしている気持ちよさげな場所に来た。

白い柱に花のしだれた木がからみつき、そのそばに背の高い男がふたり立っていた。

白い制服の男がお世話係からぼくを受け取り、花の木のそばへつれていった。

ふたりの男はどちらも若かった。

「カルカーシュの予言者か？」

ぼくは相手を見返した。

「私は、キース・トス・ベス・チョイス」

赤毛の色白の痩せたほうの男が言った。

ぼくは驚いた。この名なし館で（ぼくは密《ひそ》かにそう名づけてた）名前を名のる人が現れたということに。さらに彼は言った。

「ここの新しい〝ご主人〟だよ」

そして、にやっと笑ってもう一方の男を見た。もう一方の、黒髪の巻き毛の男は言った。

「私は、ガルガゴッダ。彼の友人だ」

きつい顔に似た、重々しい声だった。

「……ユーロ・テアです」

下を向いて答えた。

赤毛のキースは噴水のそばのベンチを指した。ぼくら三人が座るとにやにやしたままで言った。

「ぼくはね、カルカーシュの予言者とは寝ないよ。実はここに来るまで、どんなシャーマンが祖父と伯父上を骨ヌキにしたのかと思ってたのさ。髪に金の飾りでもつけ、爪をピンクに染め、紫の蠱惑《こわく》的なシャドーを両目にぬり、媚薬《びやく》の臭いをぷんぷんさせてるのかと思ったよ」

ぼくは、寝る代わりにそういう話を聞かされるのかと思うとうんざりした。それで言った。

「ぼくはシモン修道院からここへ来ました。騙されて、薬を飲まされて来たんです。ほんとうは、エトラジェンの第三都市トリューフの市立図書館の分室がムウーンのフィフにあり、そこにアムルー民族学のクラスができるので受験するように言われ、ノートを持って修道院を出たんです。ぼくのノートを返してもらえませんか」

話してるうちに赤毛は青い顔になり、黒い巻き毛は真っ赤な顔になった。

「でも、きみはここがどこだかぐらいは知っているよね?」

赤毛が言った。

「知りません。海の中の島ということしか。なぜ誰もここでは名前がないのか、知りません。なぜ〝ご主人〟という人が来て、ぼくをベッドに縛るのか、知りません。

次に太った人が来て」

舌が震え、ぼくはツバを飲みこんだ。

「ぼくと寝たがるのか、知りません。医者はそのたび、ぼくに注射をして、ぼくが動いたりしゃべったりできないようにするけど、耳は聞こえていて、その人たちの会話が聞こえるけど、何のことを話しているのか、ぼくにはわかりません。

ぼくはここから出て……」

帰りたい、と言おうとしたが、どこに帰ればいいのかわからなかった。ミカロのいない、セルのいない、あの修道院に?

赤毛のキースが言った。

「きみと寝たのはベス・チョイス家のぼくの祖父と、ベス・ポントス家のぼくの伯父上さ。ふたりはもうここには来ないよ。死んだからね」

「死んだ？　死んだ……んですか⁉　なぜ？」

ぼくは驚いた。ふたりとも？

「祖父は六週間前に心臓発作で他界した。次のシャーマンを誰にするかで、もめたんだ。ほんとうならぼくの父のはずだが、もうむかし、亡き人になってしまっていてね。

結局、ベス・ポントス家の伯父上が継いだ。でも、あの人はほとんど予言能力はないんだよ。金をばらまいたのさ。

彼は喜んでカルカーシュの予言者に会いに行ったのさ。この島、ミリ島にね。彼はその三日後、乗っていたヘリコプターの事故で死んだ。彼の館にヘリがつっこんで大爆発さ、ぜんぶ！」

「南側の塔だけです」

「ベス・ポントスの文化的遺産はまさにあの塔だったってのにさ。ステンド・グラスの神殿。あれだけは惜しいね……。それで、先週、次のシャーマンを私が継承したってわけだ」

「あなたはシャーマンなんですか」

「エトラジェンの東方位宗派のひとつだよ。うちは五千年暦があるぐらいだから、古いんだよ。もとはアニミズム信仰から始まってるんだ。なんとも現代では時代遅れって気もするがね、予言者が出るもんでね、なんとか続いてる。ここは、うちが持ってる別荘のひとつさ」

エトラジェン人の宗教についてはセルに習った。宗教はどれもひどく複雑だ。

「ぼくはなぜ、ここにつれてこられたんでしょう」

「予言者、ユーロ・テア、きみが攫われて来たとは知らなかった。祖父はずっとカルカーシュの予言者を探していたよ。ぼくはきみが何かの約束と引きかえに、祖父や伯父上に協力を申し出たのだと思ってた」

「協力って？」

「彼らに、力を与えることだよ」

「ぼくは……縛られて、好きなように扱われ、手術が行われました。彼らはそれで力を得たんですか」

赤毛も黒髪も青い顔になった。

「もしかして、きみはここに来て、手術って……」

赤毛のささやき声に黒髪が答えた。

「封じこめのときやる、去勢手術ですよ」

苦痛がおし寄せた。泣くまいと目に力をいれたが、無駄だった。

赤毛が立ち上がって噴水の周囲を、ぐるぐると歩き出した。少しおくれて、黒い巻き毛もゆっくり後を追った。ぼくは服の袖で涙をぬぐった。ベルトの幅広のリボンで鼻をかんだ。

ぼくの涙が止まった頃、ふたりはもどって来た。赤毛が言った。

「きみは、封じこめをやられたのだよ」

黒い髪のガルガゴッダが重々しく言った。

「カルカーシュの予言者は世界を変える。ベス・チョイスの御君はその予言者の力を封じ、自らの力に変えようとしたのです。だから、カルカーシュの予言者に名のらなかったのです。それは、ベス・ポントスの伯父上も同じです」

「だが、彼らは失敗した。封じどころか、あのふたりの死に様を見たろう。命と引きかえに望みをかなえようとしたのだ。ぼくはそんな危険なことはやらないよ、まだ命が惜しいからね」

黒髪がぼくを見た。

「予言者、ユーロ・テアア、きみがあのふたりを死に至らせたの——か？」

ぼくは驚き、混乱した。

「いいえ！」

「カルカーシュの予言者だ。それぐらいのことはできるだろう？」

赤毛は笑って言ったが、ほおがぴくぴく動き、目は真剣そのものだった。

ぼくは首をふった。

「ぼくは何も知りません。それに、ぼくは、まだ予言者じゃありません。ずっとビジョンも

見ないし……」

ふいに、雨雲でも沸き立ったのか、ざっと空が暗くなった。

ぼくは目を上げた。はっとした。

その暗さは、ただの暗さじゃなかった。闇が闇と重なる深さで空に底無しの穴が開いたようだった。

ビジョンだ——しかし、これは？　嵐なのか？

闇は黒煙のようにうずまき流れ、ゆるゆると形を変えていた。よく見るとその煙は群集だった——群集は声なき声をあげながら闇に押し潰され続けていた。一連の群集が潰されて去ると、次の群集がわらわらと浮かんでは再び煙の間に消えてゆくのだった。その顔や、服や、手や、指や、髪までもが見分けられるほどに、空を行く人影は鮮明になってきた……ほんとうに、彼らは……一段、また一段と、見えない階段を降りるように、この中庭に向かってよろめきつつ降りてくるのだ。ぼくはわななき、青い芝草の上にひざをついてしまった。この空の群集の影絵から目がはなせなかった。そして……ぼくには、彼らが、全部、死んでいるのだとわかった。これは、葬列なのだ。

天の影は降りながらぐるぐると回りだし、やがてその一部はうねる線となってぼくたちに近づいてきた。そして、きりもみしながら、ガルガゴッダの漆黒の美しい髪の中へするすると吸いこまれていった。

「予言者、ユーロ・テア。どうしたんだ」

赤毛のキースと黒髪のガルガゴッダが双方から、へたりこんだぼくに呼びかけていた。ぼくは冷たい汗で体中びっしょりになりながら、目前の御君とその友人を見ていた。

葬列。葬列。何万人もの葬列。

ビジョンの意味は明白だった。

大量殺戮《ジェノサイド》が起こるのだ。

そしてぼくら三人はそれに関わり、それを見ることになるのだ。


気がつくと、やわらかい芝草の上にぼくは横たわっていて、お世話係が冷たいタオルをぼくのひたいにのせていた。

「ユーロ・テア」

赤毛が、目を開けたぼくに笑いかけた。

「きみは鉄分が足りないんだね？　だから貧血を起こすんだよ」

ぼくは弱々しくほほえみを返した。そしてガルガゴッダが笑いもせず、まばたきもせず一心にぼくを見つめているのに気づいた。

ぼくは目を閉じた。

セル！　ぼくはわからない。ぼくはどうやって自分の運命を選択《セレクト》すればいいのか？

いや、すでにぼくは選択しているのか？

心の中の空白に、ぼくは今、この赤毛と黒髪を――迎え入れてしまったのか？

愛するために？

憎しみのために？

ぼくには、わからなかった。

IV

ピアリス

青いリンゴの木

ハローの修理は、できなかった。

どうしてあんなことが起こったのかわからない。翌日、あたしたちが学校へ行くと、一足先に来ていたシジューとカイジがそっと呼び止めた。

「ピアリス」

「なに？」

「誰かがハローを持ってったんだ」

シジューの説明に、ダンテも入れて四人のあたしたちは、地下のポンプ室へ行った。

アンドロイドのハローの姿は影も形もなかった。ボルトひとつ、焼けた配線の一本もなかった。

「あれから自分で動いたんだと思う？」

ダンテが聞いた。

「わからない」

ものすごくがっかりして、あたしはポンプ室を見回した。カイジが言った。

「この中に裏切り者がいるんだ。金をもらってあのアンドロイドを売ったんだ」

「そんなことは誰もしないわよ。もしやったとしたら、カイジ、あんたじゃないの」

カイジの言い方に怒ってあたしはよけいなことを言ってしまった。カイジはあたしを睨んだ。

「オイ、女と組むとろくなことないんだ。ペラペラしゃべりやがる、ケツはふりやがる、金は盗りやがる、食うだけ食いやがる」

あたしとダンテはさっさと地下室を出た。シジューがあとから追ってきた。

「あとでもういちどあのアンドロイドを探そう」

「いいわよ。でももうカイジと一緒はいやよ」

「ピアリス、カイジは本気で言ってるんじゃゃなくて、金をもらったとか裏切ったとか、兄キたちの言ってるのをカッコいいと思って言ってるだけさ」

「それでもイヤよ。〝汚いことばは使わない〟って約束してたんだから。約束を破るって、意志力がないってことよ。ダンテ、どう思う？」

「アクシデントが起こるたびに女の悪口を言う男のヒステリーにつきあうのはイヤね、あたしも」

シジューの顔はかーっと赤くなった。どなるかな、なぐるかなとあたしは身構えたが、シジューはひとつ呼吸して、「あとで話そう」と教室に入っていった。

シジューは自制心がある。立派だな、と、あたしは思った。それはシジューの性格だ。とすれば、これからもシジューは立派な自制心を持ち、立派な大人になるだろう。

シジューと友人でいるのはいい気分だ、と、あたしは思った。いい人のそばにいるのはい

Main Characters

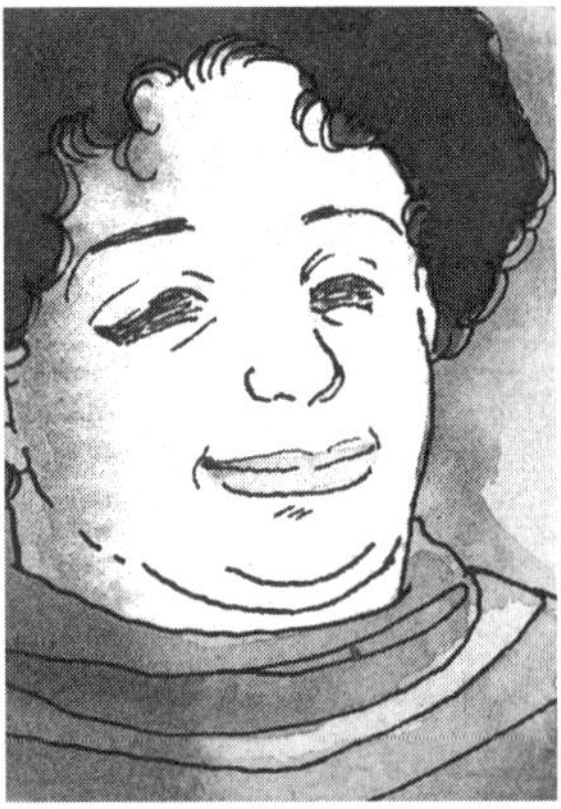

ダムダム・ママ

ピアリスを引きとり養女として育てながら、家出した長男ハローの帰りを待つ。

ピアリス

カルカーシュの伝説の過去視として、他人の過去を見ることのできる力を持つ。

カイジ

ことば使いの悪い男の子。ピアリスたちと一緒にゴミ捨て場でハローを見つける。

ダンテ

ピアリスと仲の良い男まさりの女の子。以前カイジをやっつけたことがある。

い気分だ。なんでカイジと友人なんだろ、シジューは。カイジは嫌い。

簡単に出欠がとられて、午前中の授業が始まった。六十名の教室は五つの班に分けられ、各班長が各グループに数学の説明を始めた。うすい壁をとおして隣の教室からは、エトラジェン公用語の発音指導をする声が聞こえてくる。古い建物の天井は洗っても落ちない黒カビでまだらになっている。

廊下を誰かが怒鳴りながら走ってくる。叫んでいる。生徒たちは顔を上げた。ドアが開いた。校長が死にそうな顔で立っていた。

「みんな逃げろ。学校が爆発する」

悲鳴が上がり、小さい子は泣き出した。隣の教室も騒ぎ出していた。

「身軽な子は窓から出ろ。気をつけろ」

男の子の何人かは二階の窓からたらしてある非常用ロープを伝って降り出した。あたしは班の一番小さい子の手をしっかり引き寄せた。全員が入口に殺到したのでもうまわりを見る余裕はなかった。

廊下は生徒であふれていた。つまずいたら終わりだ。あたしが手を引いてるのはキルトだ。栄養失調で、いつもダラダラとよだれを流している。あたしはキルトをかかえあげた。軽いので、助かった。

それから建物は振動した。床がたわんだかと思うと、前方で悲鳴が上がった。あたしはとっさに壁のパイプを握りしめた。

「つかまるのよ」

と、キルトに言ったがこの混乱では聞こえやしない。しかし、キルトはよだれをあたしの顔にまき散らしながら、細い両腕でしっかりあたしの首につかまった。足もとの床はあっというまに落ちた。生徒たちと一緒に。

それから気がつくと、あたしの上にも下にもいろんなものがあって、あたしは動けなくて、まるでゴミ捨て場に埋められてるみたいだった。うす暗くて何も見えない。キルトは？ と思ったが、キルトはぴったりあたしのそばにいてどうやら息をしてる。小さな声で聞いた。

「キルト、どこか痛い？」

「ううん」

キルトとあたしの顔についてるぐしゃぐしゃしたものは、もうよだれか血かわからなかった。耳なりがすると思ったが、それはまわりの生徒たちのうめき声だった。

あたしは運がよかった。生き残ったから。

右耳が半分千切れたけど、残った部分はまた縫いつけてもらった。キルトは両足をくじいていた。

シジューは、死んだ。ダンテは、失明した。

カイジは学校にいなかった。あたしたちとケンカしたカイジは学校をフケたのだ。彼はゴミ捨て場で遊んでいた。

学校はほとんど粉々になった。門と一部の壁が残った。五百名の生徒、教員のうち三百名ちょっとが死んだ。学校に爆発物が仕かけられたのだが、なぜ、なんのために、誰がやったのか、不明だという。

あたしは動けるようになると、シジューの家へ行ってみた。

「あの子はバラバラになっちまったって言うのよ」

とシジューのママは言った。

「まだ病院で死んでくれたら臓器を売れたのに」

あたしはそれからダンテの入院してる病院へ行った。ダンテは三十ぐらいベッドの並んでる部屋にいた。

「この部屋にいる子はまだ軽いケガなのよ。はじめはベッドもなかったんだから。あたしは最初の二日は廊下に寝てたのよ。でもずっと痛み止めを打ってもらってたんで気にならなかったけど」

「ダンテ、治ったら見えるようになるの？」

「ここじゃムリよね。あたしたちの住んでる〝9×7〟のレベルじゃね。つまり、2とか3のレベルに行かないと、治すための手術はできないらしいのよ。あたしはこうしてしゃべれるし、あと三ミリ傷がずれてたら死んでたって聞くと、あまりモンクは言えないよね。

シジュー、死んだんだって？」

「うん」

「あたし、シジューはまだ好きだったよ」

「あたしも」

「カイジは無事なんでしょ？」

「学校、フケてたのよ」

「あいつが死んでちょうどよかったのよ」

「ほんとね」

「ピアリス」

「うん」

「母ァちゃんがねぇ、もうあたしは先行き役に立たないんだから、ひさげって言うのよ」

「ひさげって？」

「春をひさぐのよ。体でかせぐの」

あたしは青ざめた。

「それ、冗談かもよ」

「あと二年ぐらいは養育費も支給されるから、家にいてもいいけど、それから先は一人で生きなきゃならなくなるの」

「仕事はあるよ。絨毯織《じゅうたんお》りとか」

信じられないような細かい複雑な紋様を、何年もかけて織りあげる。貧しいレベル9やレベル8の人間なら、何年でも安い賃金で働かせることができる。それでも、絨毯織りの仕事につければ生活はできる。島にとっては貴重な産業だった。

「あたしは勉強してもっと上のレベルに行きたかったのよ」

「うん」

「ピアリス、あんたは勉強してね」

「ダンテ、あたしは勉強して、上のレベルに行って、あなたが手術とか受けられるように用意するから」

「そんなのいいよ。あんたの将来のことだもの。うれしいけど、ムリだから」

「がんばるから」

「やめなよ、ムキになるの」

「でも、でもあたし、ダンテのために何かしたいのよ。ろくなケガもしないで生き残っちゃったし、シジューだって、あんないいヒトなのに死んじゃって、あたし、何か約束しないとなんか申し訳ない」

「そうなの？」

「そう、だから、あたしに何かたのんでよ。目を治してくれとか何か、将来あたしにお金持ちになって大きな家に住まわせてくれとか、夢みたいなことでもいいから、何か言ってよ。すぐにはできなくても、むずかしくても、ムリでもあたし、目的に向かってがんばるから、何かあたしにたのんでよ」

「ピアリス」

「うん」

「あたしが一生、目が見えなくても」

「うん」

「ずっと友達でいてね」

あたしはダンテのベッドにつっぷしてしまった。

「ねえ、約束してよ」

「約束、する」

まだ頭を動かせないダンテの顔の上にかがみこんで、あたしはダンテの両方のほっぺたにキスした。

「ここにキスしてもいい？」

あたしは指でダンテのくちびるにふれた。

「いいよ」

「いい？」

と言うので、あたしはダンテのくちびるに三度キスした。というのは、三度目にやっと気持ちが落ちついて、あたしは泣きやんだからだ。

ダンテはくすくす笑った。あたしの手を握って、

「あんたのキスって、いいカンジ。そのうちどっかの野郎が、あんたの可愛いくちびるを奪うのね。どの野郎かしら」

「あたしが気に入るタイプよ」

「じゃ、カイジと反対のタイプね」

「誰とキスするにしてもあいつ以外のヤツね、まず」

そしてあたしたちはふたりで笑った。


学校の周辺は立入禁止となったけど、その前からあたしは近づかなかった。こわかったからだ。

風にのって腐乱した死体の臭いが何日も流れてきた。あたしは小さな物音にも驚き、夜になると家中の灯をつけてダムダム・ママの帰りを待った。あたしはよく吐いた。ママはあたしに精神安定剤を飲ませた。

学校の周辺のアパートでは、かなりの家族が子供を亡《な》くしていた。兄弟四人とも失った家

族もいた。生き残った教師は、生き残った子供を集めて早急にフォーラムをやった方がいいと言ってたが、大人も子供も気が高ぶっていて、集まった子供にまた爆発が起こったらどうするんだという声とともに立ち消えになった。

帰ってくるとダムダム・ママはあたしに、作文を書いたかと聞いた。あたしは書く日も書かない日もあった。学校からという回覧板がまわって来て、生徒のショックを発散させるために、爆発のときの気持ち、その後の気持ち、友人や兄弟が死んだりケガをしたり自分が傷ついたときの気持ち、それから見た夢、聞いたこと、何でも書いておくようにとのことだった。

それであたしは主にシジューのことを書いた。今でもシジューが死んだなんて、信じられない。シジューと最後にかわした会話が、あんなふうなケンカだったなんて。

「あとで話そう」

と、シジューは言って、それっきりになった。話す。話す。何を？

シジュー、あんたと話したかった。あとで何を話したのだろうかとあたしはよく考えるの、シジュー。あたしたち、何を話したかしらね。

人造人間のハローのことを秘密にしたまま書いたので、作文は中途半端なものになった。そのうちあたしは、いいことを思いついた。ママや先生に見せるものと、自分用のと、分けて書くのだ。

そうして書くと自分の考えがまとまっていくのがわかった。あたしが一番知りたいのは、誰が、なぜ、学校を爆発させたのかということ、地下に隠しておいたハローが消えたわけ、ハローと爆発は関係があるのか、あるとしたらどんな関係か、ハローが言っていた、

――〝9×7〟・ハ・消滅・スル・警告・全員・脱出・救助・禁止・12・全……――

という警告と関連があるのか。それから、爆破予告は最初〝9×7〟の警察本部のネットワークに入ってきた。警察が学校に生徒を避難させるよう指示を出したのだった。でも、遅かったし、誰がその通信を送ってきたのかも不明なのだ。

爆破から二週間たった日。あたしはダンテの二度目のお見舞に行った帰りで、ゆっくりローラーシューズを走らせてアパートに向かっていた。

突然だった。角を曲がったとたん、そこに待ちぶせていた大男にぐっと腕をつかまれた。

「はなして！」

叫んだが、品物のように軽々と引っぱられて、駐車していた大型のジープに放りこまれた。

車の中にもふたり大男がいて、ひとりが銃をあたしの耳につきつけた。半分ない耳だ。

「騒ぐと殺す」

男は言い、車は走り出していた。

「人ちがいよ」

あたしはがたがた震えていた。攫われる理由はないはずだった。

「第三集合住宅、八棟、四〇三、母親とふたり暮らし。黒い瞳、黒い巻き毛、ピアリス。ローラーシューズのサイズは三四」

「なんの、用？」

「行けばわかる」

「誰の用？」

「行けばわかる」

「一筆書きたいんだけど、いい？」

「何をだ」

「遺言状。ママに届けて」

「だめだ」

「殺すの？　売るの？　ひさぐことになるの？」

「それ以上何か言うと殺す」

あたしは黙った。

車は地下駐車場へ入っていった。男たちに降ろされ、エレベーターに乗った。あたしは奥歯をぎゅっと噛みながら心の中でダンテにあやまった。

〝ごめんね、ダンテ、一生友人でいるけど、あたしの一生って短かったみたい〟

エレベーターが止まった。

豪華な金持ちの大広間がそこにあった。写真や映画で見るような。

洒落《しゃれ》たデザインのシャンデリア。ラビリンスに導くような鏡の数々。深い絨毯。凝ったタピストリー。彫刻されたテーブル。その向こうの、大きなカウチ。

そこで太った男が水パイプをふかしていた。

あたしは絨毯の毛足にローラーシューズをとられながら、太った男の前に引き出された。

「やあベィビー、オレがボスだ。チャッキだ。ふん、これがピアリスか」

その最初のことば使いであたしはチャッキが嫌いになった。でも、そうは言わなかった。

「そうです。あたしに、何か用なの」

あたしはつっかえつっかえ言った。こわくて、涙が出てきた。

「あるよ、あれだ」

チャッキがパイプで指すとノッポの男が荷物の箱を持ってきた。黒いテーブルの上に箱を置き、中からヒョイと丸いものを取り出した。それを見てあたしはかなきり声を上げた。

ハローの首だった。

立っていられなくて座りこんだ。

「ベィビーを椅子に座らせろ」

チャッキの指示で大男はあたしをそばの椅子に放りこんだ。チャッキは言った。

「よく聞きな、ベィビー、こいつは人造人間の首だ。二週間前の夜、このサイボーグはヘリから落ちて四人の子供に見つかって、子供はロボットを学校のポンプ室に隠した。だがな、オレのダチがちゃんと見ててあとをつけて、ロボットをまァ、いただこうとしたが、重かったんでまず首だけはずして一度去った。二時間後、二度目に行ったときはもう何もなかった。それから翌朝、学校が爆発した」

「あんたがやったの？」

必死で聞いた。チャッキは答えた。

「ベィビー、ここではオレがボスだ。オレが聞く。オレの許可なく聞くな。しゃべるな」

「聞いてもいい？　あんたが爆発させたの？　なぜ？」

「だまれ！」

チャッキは杖をふり上げて黒い机に打ち落とした。その大きな音に部屋は一瞬静まった。そのしんとした空気の中に、あたしと同じくおどおどとした気分を出してる人がいて、あたしは初めてチャッキの左右にいる女の人たちの存在に気づいた。

ひとりは顔をレース布で半分覆っていて、赤いくちびるしか見えなかった。体型がわからないくらい何十枚もの服を着こんでいた。

もうひとりは髪の長い、ほとんど服を着てない美人だった。長い足を組んでとろんとした目をしている。

チャッキは杖であたしを指して言った。

「オレは同じことを二度言うのはキレェなんだよ」

ばかみたい、と、あたしは思ったが、うなずいた。あたしはむかむかきて、怒っていた。でも、恐怖の方が強かった。怒りは恐怖に勝つだろうか？　チャッキは言った。

「学校の爆発はオレじゃァない」

ならそう言えばいいじゃない、とあたしは内心思った。もったいつけて、ムダな男。

「オレは自分のショバで、勝手なことをされるのはキレェなんだよ。三百人の死体だぜ。そいつらの目ン玉や心臓や脳やらを、外の病院に売ったらいくらもうかったと思う？　それがパアだぜ。ナンでそんなムダをするんだ。それほどまでしてヤツらは欲しいのさ。いや、消したいのさ、この首と、四人の子供を」

「四人の子供って、あたしたちのこと？」

「ベィビー、正直な子供は、好きだよ」

あたしは混乱した。まずったか？　でも言った以上はしかたがない。

「ヤツらって、誰？」

「ヘリにいたヤツらさ」

「その人たち、何なの？　ぜんぜんわからない」

「ベィビー、オレたちも正体をつきとめたいのさ」

「どうして、四人の子供を殺したいの？　アンドロイドを盗んだと思ってるの？」

「そこがわからないのさ。ロボットは何かを四人にあずけたのさ」

「何もあずかってないわ」

「ロボットは何かしゃべったのさ」

どきん、と心臓がはねた。

「ロボットは何かしゃべったんだよ。ダチはちゃんと聞いたんだ。ただ、遠くて内容まで聞きとれなかった。それでベィビー、来てもらったんだ。なァホース」

隅の方から、そのダチというホースが肩身のせまそうな歩き方で出てきた。

「そっ、そっ、その、ロボットとガキらが、は、話を、してた」

「ホースという男は役に立つんだ。首を持ってきてくれたんだからな」

ハローの首。ハローが言ったことば。もう目の灯りもない。ハローの首は何も言わない。

あたしはハローの首を見つめた。かわいそうな首。また涙が出てきた。

「こいつと何を話してた？　さァ言いな。そしたら家に帰してやる」

話すのはかまわない。でも、この首がダムダム・ママの息子のハローだとか、なぜそれがあたしにわかったのかとか、それを言わないで、うまく話さないといけない。

「この首をもらえるなら、話の内容を言ってもいいわ」

と、あたしは言った。

「もともと、最初に見つけたあたしのものなんだから」

「おやおやおやおや」

チャッキはカウチの上でひっくり返り、起き上がった。

「あのガキをつれてこい」

ドアを開けて、大男が出ていった。ガキ？　ガキって？　ドアが再び開いて、男の子が引きずられて来た。

着ているものはボロボロで、ほとんど裸だった。顔も体も乾いた血がこびりついて、あちこち皮下出血の青アザがあった。かなり腫れあがった顔には、覚えがあった。

「カイジ？」

カイジだった。

きれいな絨毯の上に半裸のカイジは放り出された。

細い両腕は後手にして手錠をかけられていて、つっぷしたままカイジは動かない。あたしはショックで声も出ず、口をぱくぱく動かした。

「こいつがしゃべらないんで苦労したぜ。ちょいとしゃべればこんな目にあわせずにすんだのに。死んじゃいないよ。ホースが覚えていた顔がこいつだけでな。あとはフードをつけてたっていうんで。こいつがしゃべらないもンで、ホースに深層催眠をかけさせて、やっと他の三人の名前を思い出させたんだ。三人のうちひとりは入院、ひとりは死亡、ひとりは今ここにいるわけだ。ピアリス」

あたしはカイジに走り寄ろうとして大男にさえぎられた。あまりのことにあたしはぶるぶる震えていた。

「しゃべるわ。だからカイジの手錠をはずして」

「しゃべってからさ」

チャッキは言った。

「いいえ、人が人に、こんな辱《はずかし》めを受けるようなことする必要なんか、ひとつもないわ。見せしめなんかやらなくても、あたしはしゃべるわ。でも、カイジをこのままにしておくんなら しゃべらないわ」

あたしは泣いていたがチャッキを睨みつけていた。カイジは身動きし、わずかに目をあけてあたしを見た。

あたしは目をそらした。どうして大の大人が、こんなひどいことができるの。

合図があって、大男はカイジの手錠をはずした。

「彼に服を着せて」

「何か着せてやれ」

男たちは顔を見合わせていた。あたしは自分のマントを脱いだ。カイジのそばに寄らせてもらえたので、カイジを起こしてマントをかけた。カイジは少しうめいて、言った。

「……しゃべるな」

あたしはまじまじとカイジを見た。

「言っても言わなくても殺されるぞ」

大男が軽く足を引くのが見えた。その足がカイジに蹴りを入れる前に、あたしは言った。

「そのアンドロイドはこう言ったのよ。

――〝9×7〟は消滅する。警告する。救助する。全員脱出する。ことは禁止されている。

12月」

部屋はしんとなった。

「そのときは、音に反応したのよ。あたしたちの声の高低に。それを何度もリピートしたの。あたしたちはアンドロイドを修理するつもりだった。あたしたちが呼ぶとこれはついてきたの。首を切りはなさず修理してたらもっとしゃべったかもしれない。もうダメだろうけど」

「これでまずちょっとはわかったな」

と、チャッキは言った。

「ふたりとも閉じこめとけ」

「家へ帰してくれるんじゃないの」

「まだ何かあるんじゃないか」

「これで全部よ」

カイジが「ほら見ろ」とつぶやいた。

あたしはざっと近づいてくる大男たちを見まわした。だからギャングは嫌いなのだ。特にこのチャッキは最初から嫌いだった。短気でよくばりでいじましくて。そのチャッキは言った。

「そのガキは顔がいいから、それ以上顔はなぐるな。レベル5か6の男色家に売れるぞ。女も傷つけるな。ガキをなぐれば女はしゃべる」

あたしの目ははたと、ハローの頭を手にとっている男を見すえた。ハローの首の入った箱を持ってきたのっぽの男だ。

「あたしたちを帰すよう、あのボスに言って」

あたしは渾身《こんしん》の声をふりしぼってのっぽの男に言った。

「住んでるとこがわかってるなら、話を聞きたけりゃいつでも呼び出せるじゃない。あたしたちを助けて。あたしはあなたとカルカーシュで会ったことがある。あのときは、あなたは青いリンゴを持ってきた。あのときは、ふつうの人だった。お願いだから、あたしとカイジを家に帰して」

あたしの両手はぶるぶる震え、あごを伝って涙はぽたぽた床に落ち、厚い絨毯に吸いこまれていった。男たちがあたしを引きずろうとして止《や》めたのは、のっぽの男が手でわずかに合図をしたからだった。

「え、おまえら知り合いか？　ルーイー、こいつを知ってたのか？」

ルーイーと呼ばれた男は変な顔をしてあたしを見ていた。やがてうなずき、

「どうもそうらしい。むかしのことだが」

ルーイーはあたしのそばに寄ってきた。

「ボス、このふたりを家に送っちゃどうかな。こんなのにかまけてるより大事な仕事が山ほどある」

その一言であたしたちは家に帰されることが決まった。


ルーイーでなく大男たちが、あたしとカイジをジープでアパート近くまで送ってきた。カイジはあたしにささえられて歩くのがやっとで、アパートの一階分の階段を上ったところで気を失うようにして壁に倒れこんだ。ちょうどそこは二階のケート先生の部屋の前だった。あたしはドアをノックした。ケート先生は部屋にいた。


「レントゲンではないからよくわからないけど」

と、ケート先生は言ったが、両手指を使って丁寧にカイジの体の骨を調べたら、小指の骨のような小さいのも合わせて七ヶ所の骨折があった。

「ひびが入っているのよ。右ひざと胸骨二本が特に痛むわね」

近くの病院はどこも爆発の入院患者でいっぱいなので、カイジはそのままケート先生の部屋に泊めてもらうことになった。左指の三本をギプスで巻いた他は、安静にして一ヶ月もすれば骨はくっつくということだった。

以前はあたしがシジューに助けてもらって、地下迷路から脱出し、脳震盪を起こしたシジューをあたしの部屋に泊めたのだ。

こんどはカイジだ。なんだか、あたしに関わるとみんなケガをしたりひどい目にあってるようで不吉だ。

でもシジューのときは自分たちでケガしたのだけど、カイジは攫われて、しゃべるよう暴行されたのだ。まるまる二日。ほんとうに、ほんとうに、ほんとうにひどいあいつら。信じられない。

あたしはケート先生んちの、古い本のたくさんある埃っぽい部屋が好きだ。陽が入らないようにといつもカーテンを閉じてある、薄暗い室内も好きだ。落ちつくから。

「あのケート先生って変わってるな、いつも顔に布をかけてるし、部屋は暗いし。オレ、目ェ覚めたとき、目がイカれたかと思ったぜ。あの人の顔、見た？」

カイジがズケズケ言うので、あたしはムッとした。そのカイジの顔だって青アザだらけだし、なぐられた目の周辺は黒メガネをかけたように丸く黒くなっている。

「ケート先生は薬物のトラブルで、肌がまだらになってるのよ」

「怪物かと思ったぜ」

「あんた、世話になってるのに失礼なこと言うもんじゃないわよ」

あたしが言うと、カイジは驚いていた。

「怪物みてえだからそう言ったんだ」

「人を傷つけるようなことを言うもんじゃないわ」

「傷つける？」

こんどは、あたしが驚いた。

「自分が言ったことが誰かを傷つけるなんて、思ったこと、ないの？」

カイジはえっという顔をしている。

「そんなの弱いヤツさ、暗くてネチネチしてるヤツさ、誰かにバカにされたらぶんなぐりゃいいじゃないか。勝てばバカにされねーぜ」

カイジはこれだ。だから、あたしはカイジがイヤなのだ。

「カイジ、あたしあんたを見直してたのよ。だって、ハローがなんて言ったか、友人が誰か、口を割らなかったんだもん、すごいよ」

するとカイジは黙ってしまった。

「あんなひどい目にあって、それでも黙ってたなんて。友達思いだよね。ひとりで死ぬ気だったの？」

「オレは死ぬのなんか恐かァないよ。それよりバラしてバカにされるのがイヤァだっただけよ。男が男にバカにされたら終《しま》いだぜ。二十発なぐって、ヒーヒー言って、なんでも言いますってな。言うんなら言う、言わないんなら言わない。あいつらギャングだぜ。言っても殺されるぜ。あの大男のどいつだか、オレのケツに指なんか入れやがったんだぜ。あいつの指が臭くなっただけだけどな。だけどオレは言わないぜ」

「……カイジ、よくそんなこと、人にしゃべれるね。……恥ずかしいとか思わない？」

「なんでだよ。負けてしゃべっちまったら恥ずかしいだろうけど、しゃべらなかったんだから、死んだとしたってオレの勝ちだぜ」

ふしぎなことに——あたしは突然、カイジの美学に目眩を感じた……。とてもワイルドで、とても……純粋だ。

「カイジ、じゃあ、あたしがさっさとしゃべっちゃったの聞いてて、恥ずかしいヤツなんて思った？」

「女はしょうがないさ、男より死ぬのをイヤがるからな。言っても助からないのになと思ったけど、助かったな」

「うん」

「オレ、おまえが、手錠はずせって言ったときな」

「よけいなこと、した？　でも、あたし……」

「オレ、手錠なんかと思ってたけど指が痛くて、助かったよ。それから、服を着せろって言ったろ」

「裸でも、かまわなかったでしょ？　だって……」

「それもホッとしたよ。変な話だな」

「そう？　変な話って？　ホッとしたんなら、いいや。

あたしね、カイジ、あのギャングたちってずいぶん失礼だと思った。ヤバンよ」

「ばかだな、ギャングはヤバンなもんだぜ」

「話せばすむことをどなったり、いばったり、人をおどしたり、大嫌い。品性ってのがない」

「おまえ、ギャングに品性なんかねえぜ」

「人間には、あるのよ」

「オレ、今すごい変な気分」

「どんな？」

「おまえの言ってることが……わかりそうでわからない……」

「…………」

カイジはちょっと黙ってた。考えてた。そのカイジの顔はきれいだった。きれ長の目に細い鼻すじがすっと通ってて、くちびるは切れてまだ少し腫れていたけど、あごの形とバランスがとれてて、あのギャングのチャッキが男色家に売りとばすと言ってたけど、高く売れるだろうなと他人ごとのように考えていた。カイジは、ぱっと目を見開いて言った。

「オイ、勝ち負けの他に、なんかあるってのか。勝ちは勝ちで負けは負けだ。勝ったやつがえらいんだぜ」

「ソンゲンよ」

「ソンゲン？　ソンゲンて何だ？」

「尊厳。どんな人でも、バカにされたり、辱められたり、軽蔑されたりしないことよ。人が人に敬意をはらう、人が人をいつくしむ、そういうことよ」

「そんなことば、学校で習ったっけ？」

学校で習ったのではない。

「ダムダム・ママに習ったのよ。あたしは暴力が嫌いなの。尊厳ってことばのほうが好き」

「オイ、ピアリス、暴力は好き嫌いじゃないんだぜ、勝たなきゃ、生き残れないんだぜ、死にたくなきゃ、相手を殺すしかないんだぜ、おまえ、わかってんのか？」

「わかってる。でも、嫌いなの」

「じゃあおまえはさっさと死にな、おまえを殺すヤツはラクだろうさ」

あたしはため息をついた。あたしはカイジをちょっと好きだと思ったり、やっぱりイヤだと思ったりした。あたしが暴力を嫌いだと言うとそれは弱いから、女だからだと思っている。あたしはそうは思わない。弱さは恐怖に、恐怖が怒りに、怒りが暴力になるのだ。怒りは何かべつのものにとって代わらないのだろうか。あたしたちは、怒りと暴力の世界に生き続けるしかないのだろうか。

ギャングの家から帰されて、一週間後のことだった。

ルーイーがアパートにやってきた。あの、ハローの首を持ってた、のっぽだ。ダムダム・ママは昼食のためアパートに帰ってきていた。ルーイーはドアを開けたママに言った。

「ピアリスはいますか？」

あたしはたちまち顔が青ざめ、ガタガタと震え出した。ママはあたしを見、ドアを閉めようとした。男はドアの間に足を入れた。

「ちょっと話があるんだ」

「誰だか知らないけど帰って。娘がこわがってるわ」

「ルーイーという者だ。カルカーシュの話をしたい。あの子が、話があるなら来いと言ったんだ」

あたしはハッとした。ママのそばに寄って行って、ルーイーの顔を見た。静かな表情だ。

で、ママにうなずいた。

「この人を入れていいのね？」

「うん」

ルーイーは入ってきた。ママは言った。

「話なら台所でしてね」

そしてママはテーブルから離れて、流しの前の椅子に座った。あたしはルーイーに椅子をすすめ、自分の部屋からもうひとつ椅子を持ってきてそれに座った。椅子の用意をしながらあたしは考えていた。

あのギャングの部屋でルーイーについて感じたこと。でも、それはひどくあいまいなことだった。カルカーシュ。青いリンゴ。このふたつしかない。

「あんたは変な子だな。ピアリス」

ルーイーは話し出した。

「オレが聞きに来たのはカルカーシュのことだ。オレはカルカーシュには一度しか行ったことがない。隣国のキンキから、自分の農園でとれた青リンゴを持って、カルカーシュのソイマにいる弟を訪ねたんだ。

弟はオレと双子でな、名前はアーイー。

七つまで一緒に育ったが、弟は坊主にするってんでソイマにやられちまったのさ」

ルーイーが話すそばからルーイーの過去が絵のように浮かんできた。あたしは黙って聞いていた。

「オレが十五のとき、弟から手紙が来て、やっと学校を卒業して寺院の外に出られるって言うんだよ。それでオフクロとオヤジと一緒に馬車に乗って、ソイマに行ったんだ。

あの、ソイマってとこも変わった町だな。カルカー河の、河口近くの、巨大な中州の上にある町で年に一度は大洪水が来る。それから、木だな、河の中からジャングルが現われたみたいに巨大な樹木が生い繁《しげ》っているよ。山みたいに。そういった巨木と河と湖と森のあいだに小さな町がいくつもあって、寺だの神殿だの学校だのあるんだ。

オレたちは弟の寺院の門のとこまで行ったけど、もちろん中には入れない。弟はというと、急な用で神殿に呼ばれて行っていつ帰ってくるかわからないという。

オレたちは三日、寺のそばの宿に泊まって弟を待ったが帰ってこない。空けた農園の方も心配だったので、みやげの青リンゴを寺にあずけてキンキの農園に帰った。弟からあとで手紙が来たよ。リンゴを食ったたし、神殿にも持ってったってな。

それがな、いいか、十二年前のことだ。オレは今、二十七。七つのとき別れてからはずっとずっと一度も弟に会ってない。十二年前は会いそびれた。ところで、十二年前というとおまえはいくつだ？」

「一歳」

「オレとおまえがカルカーシュで会ってるはずはない。だが、おまえはオレの弟に会ってるのかもしれん。オレの顔を見て、会ったと言ったな。それは双子の弟かもしれん。おまえ、カルカーシュにいて、そのときオレの弟に会って、青リンゴの話を聞いた。そうなのか？」

あたしが黙ってるので、ダムダム・ママが言った。

「この子が難民になったのは五つのときよ。五つまでしかカルカーシュにいなかったのだから、小さかったのだから、詳しいことを聞くのはムリだよ」

あたしが黙ってたのは困っていたからだ。どう説明したらいいのかわからなくて困っていた。

「キンキ出身のお坊さんはたくさんいたわ」

と、あたしは言った。

「夏で、みんな琥珀色の肌をしていたわ。そのお坊さんは短く切った髪を細かく結って、赤いビーズをつけていたわ。名前は知らない。その人が青いリンゴをくれたの。その青いリンゴはその人の、お父さんとお母さんと、お兄さんがつくって持ってきたの」

「そのとき、おまえはいくつだ」

「一歳」

ダムダム・ママが横から早口で言った。

「一歳のときの出来事を、あとで、誰かが何度もこの子に話して聞かせたのでしょう」

「ピアリス、おまえが赤いビーズをつけた坊主に会ったのは、そのとき一度だけか？」

「そのあと、三回会った」

「いつ、三回？」

「毎年一度、夏に」

「なぜ、毎年一度の夏だ」

「お祝いだから、その日は」

「おまえの誕生日のか」

「――そう」

ルーイーの形相はすっかり変わっていた。今や彼はひたいから汗を出し、目をまん丸くしてあたしを睨みすえていた。あたしの目の隅にちらりと見えるダムダム・ママは、流しの重い麺棒《めんぼう》にそろそろと手をのばしている。

しかし、ルーイーは立ち上がるとゆっくりとドアまで後ずさった。両手で顔を覆い、ドアに張りつくようにもたれ、大きく何度もあえいで息をした。

「あなたがカルカーシュの予言者なんだな」

ルーイーはうめくような声で言い、あたしはこわくなった。ママはがっしりと棒を握りしめている。

ルーイーは息を落ちつけると三歩であたしの前に立った。こんどは椅子を横によけ、床に座ってあぐらをかいた。

「教えてくれ。弟のアーイーはどこだ。殺されたのか。生きているのか。教えてほしい」

「ごめんなさい。あたしにはわからないの、今は」

「どうすればわかる」

「あの、いつもじゃないけど、何か起こった場所、その人のいた場所に行くとか、その人がずっと持っていたもの、着ていたものとか、あれば、わかることもあるの」

ママは棒を離した。代わりに鍋にお茶の葉を入れてヒート板の上に乗せた。

「オレと、いや、わたしとアーイーは似ているか？」

彼はあたしを見上げた。

「目がよく似ている」

答えると彼はまた手で顔を覆った。

ママは沸いたお茶をカップに入れて、テーブルに出した。

「さあ、椅子に座ってお茶を飲んで。ピアリスも飲む？」

「ピアリス」

ルーイーはふしぎそうな顔をした。

「ピアリスとは、ここでの呼び名か？」

「あたしが生まれたときにつけられた名前よ。おじさんのルーイーと同じく」

「何てことだ。カルカーシュでは、予言者の名を知る者は誰もいなかったのに。年に一度拝謁を許されていたアーイーですら知らなかったのに。アーイーは〝幼い方がた〟と言っていた」

「拝謁ねえ」

と、ママが頭をふりふり言った。

「〝幼い方がた〟は何人もいたのか？」

「そのときはあたしと、弟のユーロのふたり。弟といっても、双子だから、互いに相手を弟、妹、と呼んでいたわる習慣なの」

「カルカーシュの予言者、軽々しく〝幼い方がた〟の名を言ってはいけない」

「でも、おじさんにはもう知られちゃったでしょ？　だからあれは言ってこれは言わないってめんどうだから、いいの」

「他に誰が知っているんだ？」

「私よ」

ダムダム・ママが言った。

「この三人だけ」

あたしが言った。

「それではわたしは目にかなったということになる。アーイーが手紙で言っていたが、予言者への拝謁を許されるのは、予言者が指名した者だけなのだ」

「おやおや、ピアリス、あんた一歳からそんなことをしてたの」

「それを決めてたのはユーロなのよ。名前を書いたたんざくがいっぱいあって、十枚一組でユーロの前に置かれるの。その中からユーロが選ぶのよ。でもつまんない仕事で、ユーロはいつもいやがってたわ。一万枚もたんざくがあるんだもの。毎年だいたいその日に六十名前後の人と会うの。顔を見せるだけよ」

「そうか、弟はたんざくに名前があって、神殿に行ってたんだな……。そして青リンゴをさしあげた。ピアリス、会った人を全部予言するのか?」

「しないの。名前も知らないし顔を見るだけ。でもユーロはちゃんと選んでたんだなって、今わかったわ。おじさんに出会ったりしたし」

「ピアリス、これから何が起こるのだ?」

「そんなこと、あたしにはわからないわ」

「あの首は何を警告したのだと思う?」

ママが、えっといった顔をした。

「なんなの、首の警告って?」

「ママ、しゃべるアンドロイドを見つけたのよ、秘密だけど。それは今、このおじさんが持ってるの」

「あんたたち、ゴミ捨て場をあさるのはいいけど、危険なことだけは、ママはイヤよ」

「ピアリス、あの首を持ってきたら、予言ができるか？」

あたしはどきっとした。ハローの首。ハローの首は何かをもっと語ってくれるだろうか。

「やるわ。でも、ここか、下のケート先生んちで。そのほうが落ちつくの」

「今はここが〝幼き方がた〟の神殿というわけだな」

ルーイーは立ち上がった。

「お茶をありがとう。次は首を持ってこよう」

それから、ダムダム、ピアリス、カルカーシュの予言者のことは絶対に誰にも話してはいけない。あまり複雑すぎて一言ではしゃべれないが、今も続いているアムルー星の戦争は、いわば、神々殺しなのだ。一つの国が相手の神を殺し、殺された国が殺した国の神を殺す。

〝9×7〟には、アムルー星の北半球の、あらゆる民族と国人《くにびと》が来て住んでいる。

ひとびとは、我が郷土の神は愛しても、他国の神は殺して葬るものなのだ」

ママはため息をついて言った。

「むかしはみんな仲良く暮らしていたのに。私の育った平地には三つの村がありそれぞれの神を祭っていたけど、お互いのお祭りに招いたり招かれたり、争いはなかったのに」

「平和なときはそうだ。戦になればちがう」

そしてルーイーは帰っていった。あたしはぼんやりとルーイーのいた椅子を見ていた。

農園で青リンゴをつくっていたルーイーと、戦争が起こった後のルーイーとはちがうのだった。農園のルーイーは気長に作物を育てながら、「そーだねェ」「だーろォねェ」といった、のんびりした表現をしていた。でも、戦争が起こり、兵士になり、戦いに負け、国を失い、星を去り、〝9×7〟で生き残るまでに、警官のような、軍人のような、命令調、断定調のことば使いに変わっていった。

でも、変わらないものもある。

弟、アーイーへの愛だ。

この愛のあり方には、勝ちも負けもない。あたしはそういうのが好きなのだ。

でもカイジなら、その愛を守るために戦って勝つのだと言うだろう。ルーイーの言うように、郷土の神を愛すとき、他国の神は殺される。あたりまえのようだけど、でも、なぜなのか。それを考えると悲しかった。

カイジはまだ指にギプスをはめていたけど、立ち上がってゆっくり歩けるようになった。

あたしはルーイーの話を聞いたせいで、急に青リンゴが欲しくなり、朝市へ出かけて一山買ってきた。それを布でみがいてツヤツヤと光らせたけど、キンキの青リンゴはもうすこし紫色がかっていた気がする。

あたしはリンゴをケート先生とカイジにも持っていった。

カイジはうとうとしていたが、あたしが部屋へ入ると目を覚ました。

「起こした？」

「リンゴの匂いだ」

カイジはベッドに起き上がった。

「オレ、すげえ退屈だ。昨日ちょっとアパートの中庭歩いたり、ガキどもにまざってボール蹴ったらよ、夜には膝がまた痛くなっちまったよ。それに、深呼吸すると胸がキリキリしてさ」

「あんた、一ヶ月かかるって言われたのよ、病人なのよ。自制心てもんが、ないの？」

「オレ、おまえの言うそういうむずかしい単語ってキレェなの」

「一生パープーな頭で生きてりゃいいわ」

「おまえも言うよな」

あたしはリンゴをナイフで切った。皮はそのままで芯《しん》だけ落とした。カイジの口の中がまだ腫れていたので、芯はきっとイヤだろう。

紙のようにうすく切って、カイジにわたした。

「おまえ、何してんの？　ペラペラじゃん」

「口の中がまだ痛いでしょ」

「オレ、赤ンボかよ」

カイジはおとなしく食べた。それから、ふっと言った。

「オレ、冬にリンゴの木を見たことがある」

「どこで？」

「クルセイドの、どっか」

クルセイドはカルカーシュの西の国だ。山と草原と砂漠の国だ。

「冬のリンゴの木だったら半分凍ってるね」

「ううん。緑の葉が青あおと繁っていくつも青い実がついているんだ」

「それ、王様の温室か何か？」

カイジはニヤリと笑った。

「絵だよ」

「なんだ、絵なの」

「うん、でも、円形の部屋に、ぐるっと壁一面にそのリンゴの木が描いてあるんだ。葉の一枚一枚、そこに止まってる虫まで。それから枝々のあいだから夏の空が見えるんだ……高い天井を見上げると……やっぱり頭上を覆うリンゴの木だ……。それは古い絵なんだ。それを描いたやつも、その部屋に住んでたやつも、リンゴの木が好きだったんだ」

「それは、あんたの家の絵なの？」

「おいおい、オレは家なき子だったんだぜ。あそこらへんのどっかの館だよ」

「カイジは、クルセイド人なの？」

「だと思うよ。オレはじっちゃんと一緒にいたんだ。キンキが戦争おっぱじめて、カルカーシュを皆殺しにして、クルセイドを皆殺しにして、それでオレとじっちゃんはノマの宇宙空港まで逃げてったんだけど、船に乗れなくて、またクルセイドにもどったんだ」

「キンキが戦争を、始めたの？」

「じっちゃんがそォ言ってたぜ」

キンキの農園からルーイーが、カルカーシュの弟に、青いリンゴを持ってくるほど平和だったのに？

「カルカーシュ人もクルセイド人も、皆殺しにされたの？」

「じっちゃんがそう言ってたんだ。オレんちの一族はみんな死んじまったって。村を囲まれて、でけえ爆弾を投げこまれたんだって。それで、戦いたくない村の男は集められて殺されて、女はレイプされたんだって。そして神殿は壊されて、みんなキンキ人にされちまったんだって。特に王族や坊主どもはひとり残らず殺されたってよ」

顔からさあっと血の気が引いた。

「誰に聞いたの？」

「じっちゃんさ。オレとじっちゃんは毎年、ノマの空港とクルセイドを行ったり来たりしたもんで、いろんなヤツに会って話を聞いたんだ。千年王国と言われていたカルカーシュの……何てったか……でけえ森だよ。いっちゃん古い神殿のある。あそこは二十日も燃え続けまる焼けになったってさ」

体中の力がすうっと抜けていった。あたしの手からナイフとリンゴとアルミ皿がすべり落ちた。あたしの体も椅子からすべり落ちた。

ダメダ、タオレテハ。

と思いつつ、床にのびてしまった。目は開いてるのに手足はふにゃふにゃと力が入らない。息をするのもおっくうなぐらい。

「ピアリス！」

カイジがあたしの顔をぴたぴたと叩いた。

「ピアリス！　ピアリス！」

その呼ぶ声がだんだん遠ざかっていく。目の前のカイジの顔も白っぽくなっていく。

突然、胸をどんと叩かれた。

口に何か押しつけられて、いきなりリンゴ味の突風が入りこんできた。

それであたしは気づいたが、カイジがあたしにかぶさって、胸を叩きながらあたしの口へ息を吹きこんでるのだった。

「やめてよ！」

あたしは驚いてそれで気をとりもどし、カイジの体を押しのけて上体を起こした。

あたしはぎょうてんしてたが、カイジのほうもわらわらと震えていた。

「よせよ。死んじまったかと思ったぜ。息してないんだもんな」

「息してるわよ」

言ったとたん、堰《せき》を切ったように涙があふれ落ちた。苦しかった。こんな苦痛は感じたことがない。胸は冷えびえとし、凍った針が千本も刺さっているようだった。声も出せなかった。カルカーシュの森が焼けた。

「ごめん」

カイジの声は震えていた。

「おまえ、カルカーシュにいたんだな。ギャングのとこでそう言ってたの、オレ、聞いてたのに忘れてた。オイ、しっかりしてくれよ」

カイジは座りこんだままのあたしのそばでおろおろと手を動かしていたが、ギプスをはめた指をあたしの肩にまわしてあたしを抱きしめた。あたしはカイジの肩に顔をうずめた。

森。ソイマの森。

ソイマの神殿。ソイマの町。

二十日も燃えていた。

あたしは泣きながら細い悲鳴を上げた。

そんなことが。

みんななくなってしまうなんて、そんなことが。
「ピアリス」

カイジがあたしの名前を呼んでいた。

いつだったか、こんなふうに震え、おびえながら、あたしの名を呼ぶ誰かとしっかりと抱き合っていた。あれは、弟のユーロだ。

ユーロはどこに行ったんだろう。

「ピアリス、泣くなよ。だからオレが言っただろう、やっぱり勝たなきゃダメだって」

あたしはカイジの肩から顔を上げた。それからマントのすそで涙をふき、鼻水をかんだ。

「勝ってたらこんな目にあわなかったんだぜ。負けたからこんな目にあうんだぜ。オレは九つのとき、やっと船に乗れてこの星に、エトラジェンに来た。じっちゃんはエトラジェンに来た年に死んじまったよ。どうしてこんな目にあうのかというと、家族ぜんぶ、村ごと、殺されて、国も神殿もなくなって、どうしてっていうと、負けたからだよ。負けてられねえだろ、一生、負けてられねえだろ。次は、勝たなきゃ。

次は勝つんだ。キンキをオレたちの土地から追い出して、あいつらがやったとおりのことをキンキのやつらに仕返ししてやるんだ。町を焼いて森を焼いて畑を焼いて、凍《い》てつく冬に家から追い出して凍死させて、あいつらの神殿をぶっ壊して、神を殺してやるんだ」

カイジの声は話をしてる間に、どんどん大きく、リズムがつき、さらに大きくなっていった。あたしは叫んだ。

「勝ったらどうなるの？」

「ぜんぶとりもどせる」

「死んだ人は？」

「供養になる」

「そうかしら」

そうだろうか？

「泣くなよ、ピアリス。次は勝つから。なあ、泣くなよ。オレがいつか、ぜんぶ、とりもどしてやるから」

カイジはどうしたんだろう。カイジはあたしをなぐさめてくれている。国を失った、共通の痛みがあるからだろうか。

「オレが見たリンゴの木は有名な絵だったから、アムルーの学者に聞けば、きっとどこの館の絵かわかるよ。オレが勝ったらつれてってやるよ。冬のさなかにあの絵を見てると……」

「見てると？」

「いつまでも負けちゃいないぞ、って思うんだ」

戦争。何から何まで、なくなってしまう戦争。とりもどすためには、相手から奪うしかない戦争。気の遠くなるような椅子とりゲームだ。

あたしは言った。

「カイジ」

「ああ」

「あんた、死なないでね」

「死なないよ」

「それ、約束する？」

「約束するよ」

「そして、青リンゴの絵をあたしに見せてくれる？」

カイジはじーっとあたしを見た。あたしは初めてカイジの目の色を知った。それは、ルーイーが昔、アーイーに持ってきて、一歳のあたしにくれた、あの青リンゴと同じ色だった。

きれ長のカイジの瞳の中で、青リンゴの色がゆれていた。

「うん。約束する」

それであたしは、ためらわないでカイジのくちびるにキスした。ダンテに、誰とキスするにしろカイジとじゃないと言った、そのカイジの、青リンゴの匂いのするくちびるに。

戦争の話をする人の目は、いつも悲しい色をしていると思う。痛々しいと言ってもいい色。ダムダム・ママも、ルーイーも、カイジも、そしてユーロを思い出すときのあたしも。

失った国が、失った弟が、青いリンゴの記憶と重なる。青リンゴ色の瞳が言う。

「次は勝ってやる。奪ってやる」

その瞳が映し出す、あまりに痛み深い過去と、そして未来。

ルーイーは、これは神を殺しあう戦争なのだと言った。カルカーシュの神殿が焼けた今、カルカーシュの神もまた、死んだのか。

生き残った予言者のあたしは、消滅した神の何を予言すればいいのか。

殺された神もまた、痛々しい瞳をしてあの神殿から消え去ったのだろうか。あたしは悲しい。この悲しみと苦しみは、何に変わっていくのか。憎しみに？　暴力に？

「ピアリス！」

中庭をキルトが横切りながら手をふった。

やっぱりよだれをたらしている。あたしもこちらで手をふった。

悲しみや苦しみが、憎しみや暴力でなく、愛に変わりますように。

初出

Ⅰ　ユーロ　シモン修道院
「The Sneaker Special」（角川書店）１９９４年　春号

Ⅱ　ピアリス　「9×7」
「The Sneaker Special」（角川書店）１９９４年　夏号

Ⅲ　ユーロ　カルカーシュの予言者
「The Sneaker Special」（角川書店）１９９４年　秋号

Ⅳ　ピアリス　青いリンゴの木
「The Sneaker Special」（角川書店）１９９５年　冬号

巻末特別企画

萩尾望都インタビュー

萩尾望都インタビュー

「SF作家の木下さん、実は私でした」

――『ピアリス』というSF小説を書かれた動機についてお聞きしたいのですが。

萩尾　「The Sneaker Special」の編集の角川書店の方とお話ししているときに、描きたいSFマンガのアイデアは色々あるのだけど、時間的にとても描けない。では文章ならどうだ、という話になりまして。

――マンガの依頼があったのですね。

萩尾　そうです。でもちょうど92年から『残酷な神が支配する』を小学館「プチフラワー」で、94年から『あぶない丘の家』を角川の「ファンタジーDX」で連載していて、これ以上マンガは無理で。でも文章はめちゃめちゃ自信がないので「ペンネームを使っていいですか?」と。

――『音楽の在《あ》りて』など70年代に小説を書かれた経験がすでにおありですが。

萩尾　その時に自分に文才がないということをつくづく知りました。文章書くのはとても恥ずかしくて。ペンネームなんて姑息なことを考えちゃいけないんだけど……。

――でも季刊誌でしたし、こっそり書けばいいかな？　と。

萩尾　94年から95年にかけて4回、春夏秋冬ですね。でもマンガを2作連載中で大変ではありませんでしたか。

萩尾　3ヶ月という期間があるので、あいまにちょこちょこと少しずつ書いていました。

――では「木下司」さんというペンネームの由来を教えてください。

萩尾　「木下」さんという苗字は、小学校5、6年の時の同級生の男の子の名前なんです。「司」のほうは、なるべく単純な名前が良いと思って、「一（はじめ）」にしようと思ったんですが、それだと読めないかもしれないと思い「司」にしました。もっと簡単な名前があれば良かったんだけど。

――雑誌の巻末の著者近況ページに毎回写真と近況コメントが載っていましたが、あれはどなただったのですか？

萩尾　写真は担当さんです。近況も担当さんが適当に書いてくれました。

――担当さんの近況を（笑）。

萩尾　はい、ごめんなさい（笑）。担当さんもいっしょに、木下一味《いちみ》でした。

――木下司イコール萩尾望都と知っていたのはどなたですか。

萩尾　担当さんくらいですね。あとはどこかで漏れるらしくて、ちょこちょこ聞かれたこともあったのですが、しらんぷりして「イラスト描いてるだけです」と言って

第 1 回カラー扉　「The Sneaker Special」1994 年春号

第 2 回カラー扉　「The Sneaker Special」1994 年夏号

第 3 回カラー扉　「The Sneaker Special」1994 年秋号

第 4 回カラー扉　「The Sneaker Special」1995 年冬号

第 1 回モノクロ扉
「The Sneaker Special」1994 年春号

第 2 回モノクロ扉
「The Sneaker Special」1994 年夏号

第 3 回モノクロ扉
「The Sneaker Special」1994 年秋号

第 4 回モノクロ扉
「The Sneaker Special」1995 年冬号

雑誌の著者・イラストレーター近況ページ
「The Sneaker Special」より

木下 司
しばらく熱い土の国に居たので、こんなに桜色に染まる風景は久し振り。ちょっぴりニッポンに感動している春です。

熊崎俊太郎
美味しい紅茶を淹れて楽しみつつ、綺麗な映像や面白い本を求め暮らして居ります……というと優雅に聞こえるもんだなぁ。

神月摩由璃
エジプトに行ってきました。衣装やアクセサリーも買ってきたから、そのうち「ファンタジーの迷宮」でご紹介しますね☆

栗本 薫

西 炯子
ある夕方、外に出たら、近所の家の取り壊しをやっていました。それまで気がつかなかったのでちょっとびっくりしました。

萩尾望都
2月のスキー初体験では足が引きつり大変！　でもこりずに、4月には春の八甲田山を転げ落ちに(!?)行って来ます。

1994 年春号

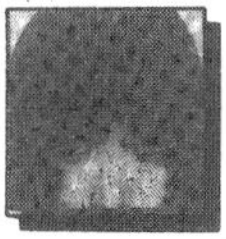

木下 司
秋ですね。英語では何故か秋だけが、オータムとフォールの2つの名前を持ってます。それって嬉しいのか哀しいのか……。

萩尾望都
久々の秋休み！　イタリアでのんびり遊んで来ます。特に今回初めて行くミラノでは、ドゥオモを見るのが楽しみです。

1994 年秋号

木下 司
窓を伝う雨を見ながらボーッとしていると、いつの間にか一日が終った。雨の日ってどうしてこんなに静かなんだろう。

萩尾望都
「シムシティー」で画面にゴジラを呼び出し、街を破壊させて楽しんで……イエ、荒涼とした雰囲気のお勉強をしています。

1994 年夏号

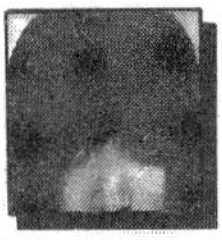

木下 司
なんだか眠い。身体も冷たい。ふー。冬眠しちゃいそう。でもポカポカ陽気の日もやっぱり眠いしな。眠りたがりなだけね。

萩尾望都
秋に京都から持ち帰ったとっておきのお酒をゆっくり傾けて、ホロ酔い気分でのんびり過ごすお正月。あぁっ、しあわせっ。

1995 年冬号

木下司の写真は当時の編集担当の近影を使っていた。そしてなぜか回を重ねるごとに画像が粗くなっている。版下を使い回したせい…？

ました。

――木下さんはいわば消息不明ですよね。木下さんについてファンから尋ねられたりしなかったですか？

萩尾　いえ、何も言われなかったですね。雑誌も廃刊になってしまったし。

――木下司に会わせろと言われたりは。

萩尾　そうか、それを考えなきゃいけなかったですね！　うちのネコ出してきたりして。これが木下さんですって（笑）。

――（笑）。４号で廃刊になったため連載も止まってしまいましたが、もし刊行が続いていたらお話も進んでいましたか？

萩尾　そうですね。もうちょっと先まで考えていたと思うんですが。半分まで考えた時に書き始めたんですが、ネタが自分ではすごく好きだったので、どこかに着地するだろうと思ってました。これは要するに難民の話、一国まるごと難民みたいな、そういう話を書こうと思ったんですが、ネタ帳がどこにいったのか……今となっては遠い霧の彼方です。誰か続きを書いてください。

――他の雑誌で続きを書こうとは思われなかったのでしょうか。

萩尾　『残酷な神が支配する』の掲載誌が、連載の始めは隔月刊だったのが月刊になって、時間的に追われるようになってしまったもので……。

――『ピアリス』の構想はマンガにするおつもりのものだったのでしょうか。

萩尾　そうですね。マンガにするつもりだったけど、時間的に全然無理だからまだ当分は描けないよ、という感じに思っていました。ネタだけはじゃらじゃらと、先の決まらないネタが色々とありますので。

――『バルバラ異界』（２００２〜０５年）に似た部分があるように思うのですが、設定を使ったということはありますか。

萩尾　私も今このキャラクターや副題を見ていると、そういえば似てる点があるかなぁと。ピアリスと青羽ちゃんのキャラクターがやっぱりちょっとだぶってますよね。それと、だんだん世界が崩れていくところとか。確かにいつも似たようなことばかり考えているんだけど……。

『バルバラ異界』より。
くるくる髪に赤ずきんスタイルの青羽は、どこかピアリスに似ている。

――キャラクターといえば、『ピアリス』で気に入っているキャラはいますか？

萩尾　顔を隠している先生（ケート）がけっこう気に入ってます。私、遠くからじとーんと策略を考えながら見てる人って好きなんです。

――主人公ではなく（笑）。『ピアリス』を書く時にヒントにしたものはありますか？

萩尾　ひとつは東南アジアの文化、それからルネサンス文化。緑の葉がいっぱい茂っている壁というのは、ミラノのスフォルツェスコ城でダ・ヴィンチの描いた木の壁画を見て、美しいと思って。部屋の真ん中に立つと、大きな木の真下にいるような感じなんですよ。それをイメージしました。

――難民の他にも『ピアリス』には地震や爆発や、友人の死や性的虐待などけっこう重い場面があるのですが、それは同時期に描いていた『残酷な神が支配する』と関連していますか。

萩尾　それはあまりないのですが、ただ、子供は育つのが大変だな、ということです。この星の社会保障は、設定の説明がややこしいのでちゃんと書かなかったのですが、『ピアリス』に登場する難民の子たちは5〜6歳頃にチップスを体に埋め込まれるんですね。たとえば一生に1億円使うとしたら最初から1億円稼ぐようにチップスに埋め込まれていて、あとはそれをずっと利子を加算しながら返却するというシステムの前借り人生を送っているんです。大きくなって働けるようになったら稼いで返す。最初から借金を背負った世界なんですが、成人するまではお金の心配はしなくていい。

(現実にも) チップスは埋め込まれていないけれど、医療費や教育費が無償になるということはちょっと似たところがありますよね。貧しいという理由で、悪いことに手を染めるよりはちゃんと教育を受けさせてまっとうな職業につかせ、税金を納められたほうがいい。将来のためには。お金がなくて病気を治せないとか死んじゃったとかいうことがなく、治療して健康にしてあとは働かせる、とかね。

―― 執筆当時の94年はルワンダでの虐殺があり、91年には湾岸戦争もありました。そういう社会情勢も『ピアリス』で戦争を描いていることと関係しているのでしょうか。

萩尾 そういうのも関係あります。このあとには阪神の大震災もありました (95年)。私が育ったのは戦後世代で、ずっと冷戦だったものですから、最終戦争に対する危機感の中で成長しているわけですよね。ベルリンの壁が壊れた時にはこれでほんとうに平和が来るのかなと思いましたが、やっぱり戦争はなくならないものですね。

―― 戦争はなくならないのでしょうか。

萩尾 グローバル化が進むと、反グローバル化の動きが出てくる。世界のことより足元が大事だろう、他の国を儲けさせて自分たちが貧乏でいる必要はないという別の流れが必ず出てくる、という本を最近読んでいるんですけど。なんか時々すごく人間ってどうしようもないのかな、と思ったり。現実に殺されている人を目の前に見ない限り、戦争が悪いと思わないのだと思います。戦争をしている人は他人事のように自分は殺されないだろうと思っているでしょうから。そういった戦争のコミュニケーションギャップみたいなものも、とても感じます。広島・長崎で被爆した方や、空襲で大変な目に遭われた方などが、「語り継がなければ」とおっしゃっているのはとても尊いと思うんですけど、語り継がれるためには、受ける聴き手のほうの想像力も必要になるし、とても難しいなぁと。どうしてうまく伝わらないのかなぁと思います。

萩尾 ―― **戦うのが好きな人はいないですよね。**

戦うのが好きな人はいるんですよ、絶対。私は勝つから、生き残るからとか思って。想像している分にはたいしたことは起こらないと思って、ちょっとお化け屋敷に行って帰ってくるくらいに考えているのかもしれない。人間はやっぱり退屈がいやで、スリルを求めちゃうのかなあ。おれたちは勝つんだ、自分たちの国が一番だ、そのためには戦争があってもかまわないと思っている。

だから人間の脳って不思議だな、と思います。いろんな種類の人がいるせいですよね。あまり遠くまで視たくない人もいるだろうし、逆に視えてしまって、今のうちから準備しなければ、悪いことが起こらないように考えなければ、と思っている人もいれば、そんなの考えすぎだよと言っている人もいる。色々な人がいないと世の中は成り立たないのかもしれませんね。

――遠くが視えるといえば、ユーロとピアリスは再び会えるでしょうか。作品では会えていないので、幸せになってほしいとすごく気になります。

萩尾　2人は将来は再会するので、どんな会話を交わすのかな、と、ずいぶん色々考えました。ユーロは未来視だから、未来のことがわかっているので、ピアリスに再会してもあまり感動したりしない。それで、どういうふうに生きていけるのか、っていうのをピアリスがずっと聞くシーンがあるんです。これから先の世界のことがわかっているんだったら、なんか虚しいじゃないですか。書かれた日記を読みながら進むようなものだから。そこらへんの会話を楽しく考えていたんですけれど。

――もちろんそこまで書く機会がなかったわけですが、でも最後はどうなるんでしょう。

萩尾　ちゃんとどんでん返しがあるはずなんです。

――絶対ありますよね。もし続きを書いてほしいという依頼があったら書かれますか？

萩尾　いやぁ、今はちょっともう。誰かが書いてくれたら……。

――本書の出版後にファンから絶対言われると思います。

萩尾　いやいや、そんなことはないです（笑）。

――これは挿絵がすごく多い企画でしたけれども、本文プラス挿絵というスタイルは書いていていかがでしたか？

萩尾　面白かったです。絵を描くほうが楽しかったですけど。文章は四苦八苦で。

――同じ萩尾望都ＳＦワールドですが、やはり小説とマンガでは違いますか。

萩尾　私の語彙が少ないんですよ。やっぱり小説家はすごいな、作家はすごい、ほんとにすごい！

――小説を書かれているときも、頭の中にはまず映像が浮かんでくるのでしょうか？

萩尾　ええそうです。そのあとその映像をいかに文章にするか、という恐ろしい作業がやってきます。

――単純な考えだと、文字のほうが絵を描くより早いのではと思うのですが。

萩尾　私もそう思ったんですが、大変でした。手近なもの、日常的なものを書くのと、逆にものすごく遠くのもののこと、月とか火星のことを考えて書く文章は両方とも書きやすいんだけど、その中間が難しい。ひとつの村の全体の様子とかね、大きな木の周辺に町が出来ているとか、そういう描写がすごく難しかったです。絵のほうが時間はかかりますが、気持ちいいです。

――これからも小説を書いてみたいというお気持ちは。

萩尾　実はほんとに腱鞘炎《けんしょうえん》で絵が描けなくなったら、老後は文章を書いて過ごそうかと。その頃はきっと物忘れが進んでいて、主人公の名前を書きながら忘れたりしてね（笑）。

――やっぱりSFですか。

萩尾　SFです。書くとしたら。

――SF原画展も7月から巡回でそれにあわせてこの本も出版となりますが、木下さん作の小説の挿絵ということで『ピアリス』の絵が出ていますが、どうしましょう。

萩尾　木下さんと言っていましたけど、ごめんなさい！　実は萩尾でした！

――木下さんのままで良いですよね。もしかしたら今後復活するかもしれませんし。

萩尾　しないと思います。木下さん、これで消えてもらいましょう。

（2017年5月12日・萩尾家にて／聞き手・編集部）

装画 挿絵　萩尾望都
装幀　清水 肇［prigraphics］
編集　穴沢優子
編集協力　小西優里・卯月もよ［図書の家］

ピアリス

２０１７年７月20日　初版印刷
２０１７年７月30日　初版発行

著者　萩尾望都

発行者　小野寺優
発行所　株式会社河出書房新社
東京都渋谷区千駄ヶ谷２-32-２
電話０３-３４０４-８６１１（編集）
０３-３４０４-１２０１（営業）
http://www.kawade.co.jp/

組版　有限会社マーリンクレイン
印刷・製本　三松堂株式会社

ISBN978-4-309-02595-7　Printed in Japan